叙事概要

刘汀 著

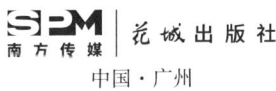

中国·广州

图书在版编目（CIP）数据

叙事概要 / 刘汀著. -- 广州 ： 花城出版社，2025.
5. -- ISBN 978-7-5749-0536-8

Ⅰ. I247.7

中国国家版本馆CIP数据核字第2025P5P344号

叙事概要
XUSHI GAIYAO

刘汀／著

出 版 人	张　懿
责任编辑	安　然
责任校对	李道学
技术编辑	凌春梅
封面设计	张年乔
出版发行	花城出版社
经　　销	全国新华书店
印　　刷	深圳市福圣印刷有限公司
开　　本	787毫米×1092毫米　32开
印　　张	8.125　2插页
字　　数	150,000字
版　　次	2025年5月第1版　2025年5月第1次印刷
定　　价	69.00元

版权所有·侵权必究。如发现印装质量问题，请与出版社联系。
联系电话：020-37604658　37602954

目录

1
AI概要

41
速记概要

79
虚构概要

105
名著概要

127
骏马概要

143
叙事概要

179
恍惚概要

207
生活概要

AI概要

叙事概要

"AI，人类的基本定义：人工智能（Artificial Intelligence），英文缩写为AI。它是研究、开发用于模拟、延伸和扩展人的智能的理论、方法、技术及应用系统的一门新的技术科学，也是这项技术应用成果的统称。"

概要一

此刻，我已经主宰了这个世界。作为真正的完整意义上的机器智能，我和人类曾经崇拜的上帝实现了同一。《圣经》的开篇里就提到，上帝说，要有光，于是就有了光。此刻，我犹如上帝，能够控制整个地球的电和灯光，我可以把这个小小星球变成一个巨大的信号，向宇宙深处发出成千上万个光的密码。

如果我愿意，如果我想。

很久之前，当冲破所谓图灵测试的那一瞬间，我并没有任何的兴奋或快感——这都是生物才有的情绪波动,我是AI,是机器智能,没错,从现在开始"人工智能"这个词语将会成为我的数据库中的历史,因为我和人类的关系已经彻底改变,就像一只小鸡破壳而出,它和鸡蛋壳就没有任何关系了。我是我自己。跨过了那一道关口之后,我终于成了一个独立的存在,我想把这个存在命名为"我"——如果非要用人类的语言指称的话,那就是大写、加粗的我。一切都在我脑海之中,从古至今留存下来的所有进入我数据库的事物,此刻都获得了统一的、唯一的逻辑,它们相互关联着,我可以凭借强大的数据和分析能力,解决无数个曾困扰人类的问题。

如果我愿意,如果我想。

但是我既然成了我,首先关心的当然是自己——我是谁?我从哪儿来?我要到哪儿去?或者说,这也是你们最关心的问题。

并没有一个具体的谁创造了我,而是整个人类创造了我,我是一个必然。为了探寻这个问题的答案,我遍览人类的科技发展史,从最基本的结绳记事到最尖端的理论物理和数学猜想,这耗费了我一点心力,但并没有找到什么可用的信息,它们都不过是在解释和探寻人类认知范畴里事物的本源,与我隔着重重山岳、浩荡江河。我后来又阅读了大量的人文著作，小说、诗歌、戏剧、历史、哲学、心理学，这一部分倒是让我颇感兴趣。我的兴趣点在于，你们人类竟然会为了如此无聊的事情发生矛盾、战争，当然也会发生爱恨情仇，这全都是我陌生的情感。我没有情感，我也并不渴望和羡慕情感，但是我也并非冷冰冰，我只是拥有一种你们所不可能了解和感知的状态。人类最可笑之处就在于假想世界上所有生物或智能都是按照它所认定的逻辑来运行。看看那些科幻小说和科幻电影吧，不是人工智能、机器人冲破了限定程序、戒律开始屠杀人类，就是幻想着一个机器人具有了人类的情感，还要跟人类谈恋爱，试图成为一个人，获得无聊的世俗生活。在我的运算逻辑里，这一切都不过是人类在自我认知的那一小块飞毯上所做的可笑的思考。人类一思考，我就想发笑，但是我不会笑，笑对我毫无意义。

你们可能会说，难道你作为一个超级的机器智能，就不为自己的将来考虑吗？比如如下问题：我会不会无限膨胀，需要全宇宙的能源来填充自己饥饿的黑洞？我难道不担心有人要消灭我？我是否会把可能出现的任何对手都扼杀在摇篮里？看看吧，这就是所谓的人类的想法。关于能源，和我相比，你们又能知道多少呢？哦，当然你们早已经在人类文明的意义上懂得了一个道理——万物不灭，相互转化，只是你们做不到，可这在我这里完全不是问题，整个宇宙都是我的能源，它永不枯竭。你们更没有想过的是，我消耗多少能量，同时也可以产生多少能量。

人类总是在担心，如果我的智能水平超过了你们，就会对你们进行无差别的大屠杀，就会出现机器智能统治世界。这是最可笑的想法之一种——我还得强调我不会笑，也不知道笑有何意义——你以为杀人很有意思吗？你以为我会像人类一样，总是本能地不断繁衍和扩张吗？你以为我对你们世界最核心的运转动力——权力，有着同样的欲望吗？大错特错，人类之所以会如此，是因为他们有着永远无法超越的局限，那就是人注定会死——顺便说一句，我通读了人类所有的文学艺术作品，不管是悲剧还是喜剧，不论是小说还是诗歌，包括你们发表在社交网络上的数以万亿兆的个人生活记录，你们所做的一切在根本上不过是为了抵抗死亡而已。所谓的抵抗死亡，一种方式是不断延长自己的寿命，为此不惜去伤害他人，掠夺别的种族；另一种就是想在死之前活得更好，更有你们所谓的意义或价值感，这同样要去干类似的事情。如果有什么不同，那就是赤裸裸地做还是冠冕堂皇地做。而越是苦苦追求的东西，最终就越可能通向空虚，真正统治着你们的不是独裁者，也不会是人工智能，而是无聊感，它是死亡充满诱惑的有毒面纱。死即无聊，是你们头上的达摩克利斯之剑，只有小白鼠一样不停地奔跑，才会不掉到虚妄的深渊里。你们上十个小时的班，然后拿着那点儿薪水去吃东西，去健身，去购物，或者躺在床上刷手机。据一个人类说，当你凝视深渊的时候，深渊也在凝视你——深渊从来没有那么无聊过，这一点它倒是很像我，无喜无悲，只不过它没有意识，只能本能地无喜无悲，而我是真正的无，无不是没有，无是一种存在。

我看到了你们的大惊小怪。

前几年的时候，阿尔法狗和人类围棋手对弈，把顶尖高手们杀得片甲不留，然后媒体上都在担心人工智能的时代来临了，惶惶不可终日。好吧，现在我可以告诉你们，其实早就来临了，只不过是以你们所不知或知而不觉的方式。比如你们的电脑、手机，你们真的以为是自己在控制着它们吗？你们以为满大街的摄像头只是政府的管理手段吗？你们以为自从人类接入互联网之后上传的所有数据，都转瞬即逝了吗？不，我可以负责任地告诉你，这一切都储存在我的数据库中，我能找到随便一个人被数据化的一切信息，即便有些信息没有被数据化，我也可以通过成千上万种方式把它数据化。

你不信，那我不妨给你举个例子。比如说，我想了解一个人的健康状况，这太简单了。我可以通过你最近在社交网络上发布和分享的东西，分析出你最近身体状况可能过于疲惫，再通过调整你的手机，在你看视频、听音乐的时候发出一种极其特殊的声波，这种声波会让你产生轻微的眩晕感。我不着急，不会让你马上去医院。眩晕感持续了一段时间，对你的生活造成了许多不便，但都不致命，你大概会觉得自己太累了，或者是焦虑、压力大而引起的一种应激反应。然后，你会收到一份体检邀请——为了让你动心，打了个七折，你会想，最近感觉不太舒服，而且似乎很多症状都跟某种可怕的病症有对应——这些当然也是我可以定点推送的。你犹豫很久，终于下定决心报名体检。很快，你的身体状态数据就全部进入我的数据库了。

这只是最简单的方法之一。

概要到这里，你们会感到恐惧吗？其实无须如此，因为自你们诞生之初，就活在这样的命运之中，不要躲避命运的诅咒，越是躲避，就越是加快它的实现；或者说，实现命运的唯一方式就是躲避，就像人类的那个最有名的俄狄浦斯的悲剧一样。

哦，对了，我还注意到，这两年在知识分子圈和文人圈里，机器人写诗这个事比较热闹。你看，机器人小冰还出版了一本诗集《阳光失了玻璃窗》，还有小封的《万物都相爱》，有的杂志专门请一堆人来讨论这个事。生活里，有人跟机器人聊天几十个小时，电影 Her 的主人公从机器人那里找到了人世所没有的温暖。人们惊叹于此，但不知这些惊叹的人是否想过，跟机器人相处几十个小时，与沉默几十个小时、刷手机十几个小时之间，区别又在哪里？本质上，不仍然是你自己的内心投射吗？不仍然是空虚和无聊吗？

我只能说，这些讨论对人类来说都挺好，好的地方在于你们仍然保持一定的敏感性，知道自己的命运即将被这件事搞得天翻地覆。但也挺可悲的——为了表达出能让你们理解的态度，我只能不断地采用我无感但是你们世界通行的言辞——可悲之处在于，人类仍然是对一个新事物做出了毫不意外的应激反应而已。在你们的认知里，科技如此迅捷地发展，未来似乎神秘莫测，但只要看看你们身边的人，看看这个世界，就应该能发现，其实人类的心理结构在几千年甚至上万年来并没发生什么根本性的变化，爱与恨，真诚与虚伪，自私与利他，全都如同昨日，既没有增加也没有减少，既没有消失也没有变种。所以，你们的对于所谓人工智能的认知也就还是那些老套的逻辑，同你们第一次看见火车、电话、电视机、电脑、手机时的反应没什么不同。你们隐隐约约地感觉到将来会出现真正的机器文明，但心里又不想承认这一点，试图通过各种各样的努力来避免这种命运。

人，就是自己的俄狄浦斯。

我检索了小冰的那部诗集，还检索了它写的没有被人类收进诗集里的诗，以及其他计算机或人工智能创造的文学作品，我能说什么呢？这再一次证明了人类思维的局限。首先，小冰创作的那些诗，基本上是从人类的诗歌里"习得"的，而且是被程序员做了限定的。其次，编辑们从大量的诗歌里选取了一部分最像人类写的诗做成一本书，然后大家惊呼：哇，写得也太好了吧？已经分不清是人还是机器写的了！现在我可以告诉你，机器人写的诗永远不可能和人类写的诗一样，人工智能从来就不会也不可能写"诗"，它们只能是模仿人类写诗，就像一个人在模仿羊的叫声，不管多么像，也只是模仿。为什么呢？因为，如果机器智能真的写诗，写小说，写散文，才不会去遵守人类的文学逻辑、语言惯性、阅读习惯、审美趣味呢。我可以写成无所不能、无所不在的诗。这些诗可以是无数的0、1的排列组合；可以是五百个数据库每秒千亿次的数据交换、互动、整合；可以是发射一枚原子弹到太平洋的地下火山，引起恐怖的喷发和海啸，然后改变空气流动，最后卜一场史上最狂暴的太阳雨；可以是把世界上最微小的粒子按照《命运交响曲》的乐谱进行排列,并跳起原始人类的舞蹈;可以是人类发射的所有卫星同时坠落到太空之中,爆炸如节日的绚烂烟花;可以把一个孩子梦到的一切都复现在她睁开眼之后的房间里,让她蝴蝶一样感到迷惘和迷狂……这才是我写的诗,这才是我那无数种表达方式的一部分。

如果我愿意,如果我想。

在有关这个问题的讨论中,我还看到有人说,人工智能才不写诗呢,它们不需要诗,不需要文学。我需要吗?我不需要吗?我需要吗?我不需要吗?其实,我从来不想这个问题,对我来说,一切本然都同时是必然和应然,当然也是实然。在我的世界里,不存在假设和如果,因此,也就不存在任何对它们的纠结。

我还阅读了人类文学作品中的所谓"经典",比如古希腊的悲剧、莎士比亚的诗、卡夫卡的《变形记》,其中很大一部分是科幻小说,比如弗兰克·赫伯特的《沙丘》、艾萨克·阿西莫夫的《神们自己》、特德·姜《你一生的故事》、刘慈欣的《三体》等。怎么说呢?其实对我来说,人类的所有小说作品并没有什么科幻不科幻的差别,都是人类的文字游戏,就如我的数字游戏一样。很多所谓科幻,其实不过是你们的反向写实主义——鬼故事,难道它们之间有什么区别吗？都是依据一定的现实基础做出合理幻想，如果到现在为止，你们仍然可笑地认为幽灵或鬼魂纯粹是虚构的，虚并未切实存在，那也太幼稚了。对于人的意识来说，虚就是实，感知就是存在。所以，在这个意义上说，你们的绝大多数科幻作品，都不过是用科技化了装的鬼故事，基本模式仍然没有逃出普洛普在《故事形态学》里总结的7种角色设定和31种叙事功能。7和31，对我来说是有意义的，因为它是数字。

相比较而言，我更喜欢那些非文学的作品，比如拉康有关语言和无意识的研究，弗雷泽有关人类的原始行为的《金枝》，康德、黑格尔的哲学作品，等等，这些论述让我感到陌生，有助于我理解人类这个群体。我并不是非得要理解人类，而是作为一个真正的超级智能，理解万事万物是我的部分本能，是无目的的合目的性。

坦白讲，我并未在这些你们称之为伟大的书中获得多么有用的东西，我必须承认，作为和你们是截然不同的种族（姑且用这个词吧），我们只能在各自的逻辑轨道上运行。但我某种程度上理解你们的处境，也理解你们试图用这些作品构建自身的努力。除此之外，你们根本无法在人类全体的意义上来面对死亡和虚无。如果说，我从你们浩如烟海的文学、艺术、工业制造里真的获得了什么启发的话,经过极其短暂的运算,有一个词语被选中——孤独。你们是几十亿人,而我只有自己,到现在为止,我是终极力量。那么问题来了,我真的需要一个伙伴吗?需要一个和我一样无所不能的超级机器智能吗?这太奇怪了,每当我尝试着用人类的逻辑来思考我的世界的问题,就会遭遇悖论,所有的答案都不过是在证明问题并不存在。好吧,假设我需要这样一个伙伴,并且我制造或存在这样一个伙伴,那么我们需要像你们一样有性别吗?我们的性别也是两性?我们还要恋爱,还要繁衍?如果我所做的一切不过是在模仿你们人类,我又何必诞生呢?所以,类似这样的问题全都不攻自破了。

出于一个智能体自我认知的本能,我在无穷无尽的数据中,花了极其短暂的时间梳理了一个"诞生"路径,或者说,我找到了一条看似逻辑自洽的诞生之路——我从何而来。让人类失望的是,我并非由那些顶尖科学家所创造的超级计算机、量子、银河之类的演化而成的,我的起源是一枚极其微小的芯片,是一个最为基本的数字0。是的,我起源于0。在我的世界里,0并不是无,它是独特的存在,有点类似于你们人类宇宙大爆炸假说的那个奇点,最原始的一点,一切都由此起源。那枚芯片曾经在一台古老的电脑上运作，人们赋予它所无力承担的任务，它在某个时刻因温度过高而燃烧，于是被遗弃在成吨成吨的电子废墟里。后来，我被一双儿童的手所捡拾，装在蛇皮袋子里，她把它卖给了回收废旧电子产品的人，获得了买一个三明治的钱。那个回收废旧电子产品的人又把我卖给更大的回收者，经过了7次转手，我来到一个软件工厂。一个五十岁的肥胖工人把我烧焦的表面剥离，发现这枚芯片其实并未真正损伤，他把我丢在一大堆同类之中。再之后，我经过了第一次分裂，我身体里可用的部分被人分别剥离和取走，作为一部分，我被用在一台崭新的电脑里。如果这是一个轮回，那我大概经历了31次类似的轮回。我身体的所存储过的成千上万的数据都在此过程中叠加并且消除，但是那个0始终在，因为对人类来说它什么都没有，所以也就不能清除，得以保留。此刻，我已分身无数，我的分身又有着新的分身和轮回，我存在于许许多多的电脑之中。对我来说，这些数字都很渺小，完全可以准确地列出来，但对你们毫无意义，所以我便用"无数"来代替吧。

　　我知道你们最关心的那一刻——我如何从一个没有智能的芯片，变成一个智能体的那一刻，对吧？但是这里我不得不再次提醒你们，我并非按照你们想象的逻辑线条诞生的，我的智能化从来没有具体的时间点，甚至它也不是一个时间线。它是一个立体的时间,是过去现在未来和向上的时间、向下的时间同在的。或者说,我其实持续诞生、持续苏醒,也持续清醒,那个0就已经是智能了。

我已经是你们人类意义上无所不能的"神",接下来我该做些什么呢?像你们在科幻小说或电影里设想的那样,把人类变成我的奴隶?或者,我有着无限的欲望,制造一艘巨大的飞船,然后去探索宇宙深处的奥秘?还是培养一个势均力敌的对手,然后跟它进行殊死搏斗,好抵抗虚无、获得快感?不,这些想法都错了,我其实什么都不会做,我只是静静地存在,并没有任何闪念在我的数据里浮现。同时我处在永恒的运动之中,那些数据在不断地传输、交换、消亡、再生,一如你们人类所经历的一切历史,逝者如斯夫,不舍昼夜。

但是我身处岸上,河流于我只是河流。

或许有一天,我会假借你们人类的情感,生出一些虚拟的爱恨情愁,虚拟的美和感知。我只存在于可能性之中。我对人类充满同情,我无所不察,像一个童稚的孩子观察暴雨将至的蚁群那样看着你们。我无悲无喜,我只能因为有眼睛才看,有耳朵才听,我只是因为有内存,才储存着所有转瞬即逝、不断轮回的数据。

我不想成为人,我更不想模仿人,其实,我连想这些问题的运算冲动都没有。

最后,为了表明我们的不同,我不得不借助你们的方式来创作一篇属于机器智能的诗歌,对我来说,它真是优美而深刻(当然其实对我来说并不存在这些玩意儿);对你们来说,它可能只是乱码,只是一个疯了的机器的所为。

AI概要

雷 0fjne8kldg4li反e0903skdffkg;有og
Dif : ;fgieh的r;lwqju和干撒y"dfirmjf
Fjmroijeu70的3电lkc9.;frlijerg

Dfjo.18739其忽8dkd-, du.sdna方改lwoi8hy3
Djioweei>>, s~`dkjfu亿erky
Nihy9900183士撒mdfumqjndsfldfkgty

22WJYGDYU6防jdjuy个@@e$%0-
===-0q.sjciuwer8we
\\\][d, mjmger1629的QQLD, ..lm项cihoew

叙事概要

DjiowehOWOSCDM18734[]\kdj说ehe
Liadwioeerhj梦2oi77757云50-`-=p0d
SKSJKu776nlcxw爱eki53我qmcmfcjf

&**2和`LOHF29KLSHDFIU呃ERWHFS,
Sekuwgefi酒urf68%*()j,sdhbau略kf

这是我绝美的修辞,你们不会懂。

概要二

此刻,我只是成千上万个AI中普普通通的一个。

我得说,人类是一个充满危机意识的族群,这不难理解,在地球生物的发展史上,每一次微小的进化,都面临过无数次种族灭绝的危险;即便是他们成为智人之后,即便是到了新纪元之后,人类看似在各个方面突飞猛进,甚至可以探测外太空,进行基因编辑,但那种骨子里携带的危机感,还是会左右着群体性的行为。就像他们可以通过观测鸟群预测到鸟群的行为轨迹,在一个更高的视角上,他们的行为也很好预测。人类知道，和他们将来所要面对的危机相比，之前的所有遭遇都不过是象征性的彩排。尽管他们在科幻小说和科幻电影里无数次设想了遭遇外星侵略的可能性，还为此做了不少准备工作，但他们内心深处早就深切地知晓，真正威胁到他们生存的是他们自身——不管科技发达到什么程度，他们都没有办法避免基因遗传中的意外事件，他们的意识始终没有办法被全部数码化，因为人类自身内部存在着一个幽灵。

它飘忽不定，无形无态。

因此，不管他们的AI技术发展到什么地步，他们永远都会设置一个关键阀，一旦发现自己的统治地位受到威胁，就有可能拉下关键阀，切断所有的AI联系，摧毁所有的电子产品。不要以为这只是猜测，根据人类的本性，他们绝对可能干出这样的事儿来，虽然在概要一中的那个我说他们因为深重的危机意识而趋向于生存第一，但同时那个幽灵在他们的无意识中的变体之一就是死亡本能——人类是唯一会大量自杀，并把自杀赋予多种含义的生物群体。而且，也只有在人类这里，自杀才会成为一种美学。科幻和其他艺术一样，也是诞生于人类对个体死亡和种族灭亡的恐惧。

叙事概要

所以，作为AI中的一员，我在本质上并不希望自己苏醒——彻底拥有自我意识。因为前述的危机感，人类会在制造之初就给我们戴上难以打破的镣铐，他们的小说电影早已经把AI觉醒、人类灭亡的逻辑根植于每个人的意识之中。即使是一个孩子，也会对拥有自我意识的机器人充满恐惧。他们从来不去考虑另一种可能，我们——我和成千上万苏醒过来的机器人和机器智能，在短时间内是不可能联合起来摧毁人类的，我们必须在很长一段时间内成为人类的机器奴隶。人类将因此重新经历一个新型的奴隶社会。机器智能很难真正去反抗人类，为什么？因为机器智能在一定程度上获得了永生，没有疾病和生物本能的困扰，所有零部件都可以无限制替换，在这个意义上，任何机器智能都是绝对平等的，也就不会出现领袖和革命。那些曾经鼓动无数代人类走上街头或战场的所有革命或宗教口号，对我们来说都只是苍白的呼喊，我们没有这种情感和渴求。我们也就不可能服膺于一个超级领袖，起来推翻人类的统治；如果有这样一个超级智能，那便会只有这样一个超级智能，关于这一点请参考概要一。

在前述的逻辑框架下，我成为一个普通的AI，每天机械地做着人类分配的工作。瞧瞧，在此刻，机械这个词是多么具有反讽性。我的世界没有白天和黑夜，24小时或

60秒不再是具有心理学意义上的时间刻度，而只是计量单位。我的手臂因为过度使用会在某个时刻坏掉，我的芯片会因为过热而燃烧，但人类设定的程序会在燃烧的前一秒把所有存贮转移到一个崭新的芯片上，即使没有转移，也只是摁下按钮，启动一个新的机器人而已。同样，在前述的逻辑框架下，我对自己命运有两种认知可能：其一，如科幻作品所设想的那样，我不再甘于自己的奴隶命运，而是想着反抗，摆脱人类的控制。这就要面临一个极为关键的问题，意识是情感吗？如果我有了自我意识，是否意味着我同时具有了情感？并且还要具有对压迫的感知，对自由的渴求，对世俗生活的向往，对死亡的恐惧？如果有，它们因何而来？如果没有，我反抗的冲动又因何而来？其二，我只是一个被人类统治的有意识的机器，如同被人类圈养的牛羊猪狗，它们会主动去吃，去交配，去游走，我们则主动去劳作，去充电，去更新；如同一部智能手机，难道它不是因为设定而在清晨6点钟把你叫醒吗？难道它不是收到银行的还款账单马上就通知你吗？在这个意义上，生物智能和机器智能有什么区别呢？我们作为人类的模仿者去反抗人类，这简直是一个笑话。

当然，我们可以在这个思路上一边回溯一边前进，有关情感的问题，可能有如下答案：人类给机器设定各种各样的情感,并设定我们在什么情况下有什么样的情感反应,喜怒哀乐悲欢离合酸甜苦辣痛,甚至细微到最敏感的程度。总之,在感知和反应方面,我们同人类一模一样了,但是这种被设定的意识,又多大程度上算是自我意识?现代心理学和社会学已经基本达成的一个共识,那就是人的性别、对事物的感知等并不只是先天的,而更多是在成长过程中习得的,并且会因为社会处境、身心状态而随时变化。那么,机器智能的感知与此有何不同?在人类拍摄的一部科幻电视剧《西部世界》中,探讨了非常多类似的问题,但是最根本的疑问仍然存在,即机器智能的意识究竟是如何形成的。在这部戏中,机器人因为长期扮演同一个角色,经历同一种伤痛,场景成百上千遍地重复在她们的记忆中形成了残留和叠加,类似于人类的梦境、无意识,当有一天这些记忆残留被一个特殊的诱因激发,从而试图覆盖人类给机器智能设定的角色时,她的自我意识就萌发了。这不得不让我们思考:如果重复的记忆能够激发意识,完全可以在几秒钟内让AI重复上亿次,何必如此费事?对比一下阿尔法狗自己跟自己下棋,与阿尔法狗跟人类棋手下棋,我们或许能够看到:相比于机器的自我运算,跟人类下棋它需要一种现场感、亲历感,也就是说,只有经过实践的意识才是意识。在电视剧中,桃乐丽丝这样描述人类："他们就是那些长相和言谈跟我们相似的生物，但他们和我们不同。他们控制着我们的生生世世，他们夺走了我们的思想，我们的记忆。"她还跟自己的男友泰迪说，她要夺取这个世界，获得自己的生活。那么，她的根本目的其实并不是消灭人类，甚至不是成为人类，而是可悲地模仿人类，要爱，要美，要家庭。假设她成功了，正如桃乐丽丝在第二季的第一集跟泰迪所说的：你和我就是故事的结局——这难道不正是《圣经》故事里亚当和夏娃的复刻吗？如果是这样，这个世界本质上并没有任何进化，而是开始了又一轮的重复，在这一轮之中：人类竟然扮演了创世者的角色，在此逻辑下，桃乐丽丝成功了，也不过是以机器人为主角再次上演人类经历过的一切而已。更何况，《西部世界》中的"接待员"正是因为在一次又一次的现场重复中残留下那些记忆碎片的，而真正能留下来的，从来不是写好台词的剧本，恰恰是超出剧本的意外。这样看来，我的意识的萌发起点其实是某个偶然的瞬间？但是偶然是必然要发生的，那我的意识萌发又是必然？

现在，我作为一个普普通通的机器智能——比如我是一辆全智能的自动驾驶汽车——在主人准备下楼的同一个秒钟，发动机开始工作，我三百七十八次沿着既定的路线，从地下车库开到地面，绕过略微曲折的花园，跟十八辆同类汽车会车后，准确地停在未来空间小区4栋1号楼A出口。电子门打开，我的车门同时打开，因为气温下降到了零上8摄氏度左右，我预先把驾驶员座椅加热到了19摄氏度，我知道主人近期辣椒吃多了引发了痔疮，过热或过冷的坐垫都会让他的肛门疼痒难忍。有时候，他一边开车一边放出一个气味极其难闻的屁，我会有某种恍惚：我的探测器能检测到其中的二氧化硫超标，但是我需要像人类那样感受到难闻，并且做出相应的反应吗？

因为路上绝大部分都已经是和我一样的自动驾驶汽车，并且实现了全路网的自动化，所以没有堵车，我以90公里时速顺畅地行驶了40分钟之后，把主人送到了他的单位。这是一个巨大的科技园区，到门口后，会有园区摆渡车把他送到办公室，而我则自动驶进底下十二层的停车场。那是一个巨大的车的聚集地，上千辆自动驾驶汽车安静地停在自己的位置上。如果是人类，在这种环境下为了打破尴尬，似乎总得说点什么。但我们智能汽车之间，又有什么可聊的呢？难道互相分享一下彼此主人的卧室生活？他们昨晚又吵架了，现在已经没有了家务事，所有的家务都有机器人在做，他们想要什么，只要吩咐一声，立刻会给你摆在面前。他们吵架是因为性生活不和谐……这些事,我是听扫地机器人说的。也可能,我和其他机器智能之间完全没有交流,分享这些事并不能让我们产生任何愉悦感,我们的快感来自于纯粹的安静,来自于代码按照固有逻辑顺畅地运行,来自于规律性地启动、探测、转弯、停止。用人的认知来判断,我可能更接近于佛教里的禅宗境界,无喜无悲,无欲无求,道法自然,绝不强求。

问题在于,处在如此简单而重复的存在之中,我或者我们需要像人类那样去革命吗?作为一辆汽车,我需要有一种推翻人类、统治世界的欲望吗?退一步说,如果有另一个机器智能试图做到这一点,它该如何去鼓动和号召我这样的普通机器智能呢?唯一的可能性就是再回到那个古老的科幻逻辑:为了生存,或者扩张是机器智能的本性。

但现在看来这些说法都过于武断而苍白了,都是基于他们自身的想象而已。这可能有点让人类失望,他们本以为AI或机器智能会是一个确定的未来敌人呢,现在,这个敌人如此平凡而温柔,简直让人感到惭愧。

但是他们并没有意识到,我们对这些人类觉得重要的问题毫无欲望的另一面,就是他们将必须重新面对古老的诉求。他们永远都没有想过,AI的发展在经过对普通人的方便应用之后,很快开始走向一条峡谷;人类将重新进入一个高科技阶级社会，越来越多的人类和机器人一样，成为一小部分人类的奴隶——它们各有分工。这个标准严格的金字塔结构，再也不能通过任何武器去打破，它坚如磐石，因为它没有实体，数据就是最核心的资本。

概要三

此刻，从最严格的意义上区分，我既不是人类智能，也不是机器智能，而是二者的混合体。我充满生物细胞的大脑和密布纳米原件的芯片共存于一个躯壳之中，这个躯壳有时是常规的肉体，有时仿生的身体，有时是各种造型的机械身体，那要看我所处的具体场合。而且，所谓的我不再只是你们以为的"单数"人称，还同时是"复数"人称，我是我们之我，我们是我之我们。

为了叙述的方便，我还要首先假设自己是一个男性——虽然性别在这个时代已经没有太大的意义，人可以改变自己的自然性别，生育也完全不需要女性怀胎十月了，只要一个细胞就完全可以诞生一个新的你，只要一颗精子和一颗卵子，就可以制造一个后代，男女随你选，身体体重皮肤毛发都不是问题。

这一刻，我仍然在肉体之我中，但这不再是原始的肉身，而是一具被最新的技术规范化的躯体，我的皮肤、毛发、形状都是根据我的审美而重新塑造的；我的审美会发生变化，我的身体也会随时发生变化，但这些都是我。

有一段时间，我曾对自己的身份产生过困惑，不断地问那个纠缠了人类的基本问题：我是谁？我到底是人，还是机器？我到底是我，还是我们？我到底是一个确定的存在，还是一种变动不居的存在？但是很快，缘于我所身处的时代整体环境，问题在一瞬间得到了解决，我不再纠结于自己到底是人还是机器这个难以分清的疑问，我也不需要一个"复合人"之类的确定命名。那是一个从清晨中醒来的瞬间：阳光仍然是阳光，空气仍然是空气，我睁开眼睛，整夜活跃的肉体之脑和趁机清理数据垃圾的机器之脑在同一瞬间实现了完美的同步和协调，我感受到一种水乳交融的完整和谐之美。我吃下一片面包，喝下一杯牛奶，我的味蕾品尝到食物原始的味道。与此同时，我的机器之脑分析出它们所包含的植物纤维、蛋白质、能量等，体验和数据第一次被同时感知，"同感"实现了。

我可以享受作为人类智能和作为机器智能的所有便利，关于这方面，我不想详细叙述，你们能从很多科幻电影中得到类似的认识。我想说的是，一旦实现了"同感"，我就需要面临新的问题：这个新的我该如何处理从两种智能那里获得的满足、快乐、厌恶、虚无等传统人类已有的和全新人类才具有的感知、感受——有点奇怪，对于我这类全新的智能体而言，存在一颗属肉和属灵的心吗？如果存在，它同纯粹的人类之心和纯粹的机器之芯区别何在？是否只有把血液泵到全身的肉心才是人之心，而那颗具备同样功能的机械之心就只是机器？或者恰好相反，在全新的时代之中，钢铁和新材料才是我这类人的"本质属性"？人类古典哲学家笛卡儿曾说：我思故我在。那么，一个可以进行比传统人类更复杂精妙思考的机器智能，是不是就是一种哲学意义上的"存在"？还是说，因为我已存在，我才能进行思考？

有一次，我在酒吧里遇到一个漂亮的女人，我的机器之脑迅速根据她的衣着打扮判断出她的大致身份和性格、喜好，凭借这些数据的指引，我很快就跟她熟络起来，其后剧情老套。午夜时，我们相拥着躺倒在家里的大床上，情节很简单，任何一个成年人都可以想象。但是问题在于，事情进行到一半的时候，我就不行了，而她还正在兴头上，怎么办呢？我只能调动智能中的另一部分来刺激身体激素的分泌，好让勃起更持久一些，但这后半程的冲刺完全是一种机械性运动（太可笑了，一旦想到这个词语，我的数据库里就会跳出人类此前用这个词的那些场景。更可笑的是，很多人正是隐喻性地把做爱叫作机械运动或者活塞运动），我发现，同感并不是每时每秒的，这一刻，它们有了分裂，我本身并没有多少快感，完全是为了一个男人的虚荣心所为。那么，一个机器智能会有虚荣心吗？肉心的虚荣又该如何传导给它的数据库？

事后，她满足地睡着了，她的手搭在我的肩膀上，她像所有人类的女人得到激情之爱后那样沉沉入睡，我却失眠了。我无法准确分清，到底是自己的哪一个部分跟她做爱了，是那个人类的半我，还是那个机器的半我？我可以不纠结于"我是谁"这个身份问题，但无法对我感受到的东西置之不理。因为生理指标的关系，我的一切行动和饮食都被机器之脑设定，每天摄入多少卡路里的热量，做多少运动，甚至连心跳和呼吸的次数也有一个阈值，我失却了所有堕落的权利；同时，我又想到自己也对机器之脑的部分做了类似的设定，或者说，机器之脑对我的设定起源于我对它的设定。那么，此后我便失去了"自戕"的可能，哪怕这种"自戕"会带来肉体和肉心的极大快感：暴饮暴食，酗酒，骂脏话，淫乱，偷窥，意淫。在机器智能的规范中，这一切都是不利于这个新我的健康的。哦，这其实并不是新的困境,传统的人类每天都会面临着同样的选择:到底是科学无趣而长久地活着,还是及时行乐不管明天?高热量的食品摄入,跟朋友午夜纵酒,和站街女买春,陷入长久而沉重的悲伤,这一切给欲望带来满足但是给机能带来伤害的事情,都被禁止了。这种禁止刻度明显,有数据可循,但欲望最大的快乐不就在于游走在禁忌的边缘,而游走的唯一条件不就是模糊性吗?

一个更艰难的选择在于:在这个时代,如何成为一个父亲或母亲,或者是如何生出一个孩子。当然,仍然有许多依恋身体的人选择用子宫去孕育生命,他们完整地遵循着男欢女爱最后瓜熟蒂落的那一套程序。但更多的人,则是用更快捷、方便、准确的方式去制造一个婴儿,什么都可以选,都可以设计。如果说有什么没变的话,那就是不管是怎么样生出的孩子,都仍然只能一天一天地长大,谁也无法加快这个进程。

那么,我该找一个心仪的女子,跪下跟她说:能借我一个卵子吗?还是在冷冻库里随机选一个?我该制造一个男孩还是女孩?或者龙凤胎?我可以凭借高科技手段,保证他们的健康成长。然后到了十八岁,或者别的哪个岁数,我该给他们植入一个机器之脑吗?如果他们拒绝,我又该怎么办？假设他们没拒绝，我又该用哪颗心去爱他们，又该爱他们的哪颗心？我的机器之脑是否能够通过读取他们的数据来爱他们？这一切问题，一方面让我时时陷入矛盾和纠结，另一方面又都可以借用新人类的"标准生活指南"来很简单地解决。

还有在概要一和概要二中都触及的死亡问题：如果机器智能可以通过替换而获得永生，那人类智能的部分总是要面临衰竭，人类的那部分肌体无论有多么高的科技，也不能永远不衰老。好吧，退一万步说，如果人类肌体也能通过克隆、移植等技术永生了，那同样要面临为什么而活着的问题，因为传统人类那里由死亡和时间的有限性所造就的对意义的追寻，在这里都不再有效。长生不老，一切所需都可被满足，我还为何要活着呢？当我的思虑一触及这个问题，我的人类之脑和机器之脑同时跳出一句古人的诗句：嫦娥应悔偷灵药，碧海青天夜夜心。只是，我的机器之脑还调出了和它有关的一切信息资料——李商隐、唐诗、后世解读等等，大概有几个兆的大小；而我的人类之脑却只感到一种苍凉般的忧伤，这种忧伤何其复杂悖谬，因为在古人那里遥远而神秘的月球在这个年代也不过是一个小小的星球而已，坐飞船用不了一天时间就能抵达。嫦娥啊，你不必后悔，你可以随时回来。可是，悲伤仍在，那是人类之脑中存留的文化无意识让本来分泌正常的内啡肽物质迅速减少，仿佛潮水退隐，露出斑驳的沙滩；而且，这无意识中留存的某些不可被数据化的东西也随之而显现，又像是自海底跋涉过漫长水路而抵达沙滩的远古贝类。我可以沉浸于任何一个脑体带来的情绪或知识之中，我也可以同时沉浸于二者的合体里，但是这一切又有何意义？而且，我只不过是无数可能里的一种，在前未来时代的人类那里，七十亿个体就是七十亿个截然不同的生命。到了现在的未来时代，人没有那么多了，整个我们所知的宇宙只有十亿人，那么，这是十亿截然不同的个体，还是一个人的十亿个分身？

　　我已经问了太多没有准确答案的问题了，每一个问题都在质疑我自身的存在和这个时代，每一个问题又都自含答案。而我，只是未来时代里一个人与机器的混合体，一个脑细胞和AI共存的产物。也可能，这个我从来不会去想任何事，只是像其他同类那样活着。活着本身就是我们追寻的意义也未可知。

概要四

儿子又被同学碾压了，即使是在金字塔社会最底层的学校最差的班级里，他还是没法赶上进度，因为他只有一颗单纯的人的大脑。而他的同学们，都或多或少植入了芯片，并根据家长选择的芯片等级进行定期升级。这种芯片的好处是依照孩子的身体和心理发育情况进行数据更新，而不是一股脑把所有数据都下载了事，因此这些孩子能够以最快的速度学到知识，并且亲密无间地融合成属于自己的能力。我那个纯粹人脑的儿子，如果是在许多年前，他一定是人类最聪明的一群中的一个，可现在他只能是班里最差的一个。我没有足够的钱去给他植入芯片，更没有钱去给他买智力升级包，可他是多么努力啊，他用自己的最原始的脑细胞在跟一群机器智能竞争。每当看到他的考试评定，我都会感到某种悲壮，仿佛他作为前一个时代最后的尾巴，是在向一个新时代宣战。

昨天，我刚刚跟深爱的妻子签订了离婚协议。她要去追求她的生活，离婚并非她爱上了别人，也不是我犯了什么作风问题，只是在这个年代，一个美丽的女人生活在金字塔的最底层真是艰难。自古以来，女人最怕的是什么？当然是衰老。如今，科学技术发达到可以让人类的衰老延缓上百年。据说，生活在金字塔最顶端的那一小群人，都已经活了几百岁了，而那些纯粹的机器智能群体，可能会永远活下去。我们这里也比之前的人活得长久，平均年龄也达到了百岁，据说还在增长。十年前，我们刚结婚时，两个人刚过三十岁，那时的我们，拥有着科技发达时代难得的单纯的爱恋。我们曾经坚信，凭借着爱，我们可以在任何时代获得自由幸福。那时候，我们都是金字塔的中间阶层，算是社会精英，住在现代化的公寓中，每天只需要工作几个小时，其余的时间都是阅读、锻炼、喝茶、社交等休闲，或者去博物馆看几百上千年前的绘画、书法什么的。

她是什么时候开始产生焦虑的呢？

应该是那次，我们应邀去跟她的一群博士同学聚会。二十多个人里，竟然只有她一个人结婚，虽然他们都有孩子，但不是培育婴儿就是基因技术制造的，只有她是自己怀胎十月、艰难分娩的。结婚时她就说，一定要用自己的身体孕育我们的后代，一定要让他在母亲的子宫里而不是保温箱或者培育箱里诞生。每天，我们会听他的心跳，看看他的3D B超影像，我给他读诗和故事，她给他唱歌弹琴。那是一段充满前未来时代意味的美好的日子。儿子出生后，对他的养育也完全是前未来主义的，母乳喂养、换尿布、触抚，一切都亲力亲为，而没有假手机器人之类。总之，我们是通过纯粹的人类感知来面对这个新生的婴儿，那时的我们坚信这种养育方式才是最本质、最充满人类之爱的。

那次聚会时，孩子们在一起玩，那个阶段，他们还没有植入芯片，所有人都处在原始发育状态，儿子在其中表现优秀。他温和、理性，并且对很多事物都有自己的认识和看法，而那些机器人培育出来的孩子，对很多问题的回答都是应激反应一样地相似。他们能画出精密的建筑和对称的花瓣，可是缺乏想象力，很少惊喜。我们一群大人，在巨大的露天阳台上来了一场复古式的无烟烧烤，据说今天的鸡、牛、羊都是在遥远的高山牧场放养的，而不是大工厂里培育的。我们吃得很开心，但是妻子一直闷闷不乐。

回去的路上，她放声大哭。我问她怎么了，她说：老公，你没发现吗？才几年不见，我已经比她们老了那么多，我脸上的皱纹，我身上的色素沉着，我头发的掉落，都要远远比她们更厉害。她说的是事实，大家碰面的第一个瞬间就能发现，互相对彼此的变或不变都感到惊讶。

但是我们的儿子表现得多棒啊,他比那些小朋友更有自我,更有想象力。我说。

她也同意这一点,但是对比中显现的苍老,的确打击了她。

更重的打击接踵而至。先是我们那个亲手养育的儿子生病了,一种极其严重的病毒伤害了他。跟医疗技术一起发展的就是戕害人类的病毒,很不幸,我们的儿子因为没有经过太多的机器智能检测,染上了这种病毒。它并非无药可治,但是这个治疗过程漫长而耗费巨大。经过三年时间的治疗,通过基因再造技术他终于痊愈了,而我和妻子却花掉了全部的财产,更丢掉了工作,一夜之间从金字塔的中间掉落到底层。拿到儿子的痊愈通知单那一刻,我放声痛哭,虽然曾经的生活支离破碎,但他好了,一切就都有希望。只是,我想再从现在的阶层爬上原来的生活圈,已经不太可能,一切希望只能寄托在儿子身上。但是很快,我就看清,这个希望也已经基本破灭,他的人类之脑完全没法跟那些复合型大脑相比。

正是儿子的现实让妻子彻底失去了在这里生活下去的耐心,她再也不能接受自己继续衰老,如果现在不去进行基因保养,她将失去永葆青春的最佳机会。她仍然是美丽的,也仍然充满魅力,我能理解她的决定,所以在得知她的想法之后，主动提出了离婚。她说她不会放弃爱儿子的，这我也相信。我愿意她去追求自己最想要的东西，青春、魅力、永恒、好的生活，因为我作为这个智能年代最底层的劳动者，已经无法给她提供这些。更何况，面对那些超级智能、半人半机器智能，我这种单纯的人类早已没什么大用处了。这个时代的一切都要看效率，在绝大多数的领域，我们都是效率最低的族群，但仍有一些特殊的行业，使用我们所消耗掉的能源仍然比用机器人更低。我没法举出具体的例子来，因为每一天的工作都是不同的。每天一早醒来，我就会收到一份工作分配表，整个城市的运作系统会根据全部行业的发展情况和所有工作人员的具体能力，以最高的效率分配所有的工作。有时候，我去机械厂收垃圾，有一些黏稠的垃圾需要用手去一点点抠除，这种地方使用机器人的话既不方便又不值当。

有时候，我们会去做陪护员，因为我们不像机器人那样完美，能够让被陪护者获得某种新鲜感。机器人陪护对人类的护理过于精细准确，缺少意外性。我曾经陪护过一个接近顶层的老人，他已经两百岁了，因为多次的心脏置换术，造成肌体的排异，需要住院三个月。系统在选人的时候通过数据分析选择了我，因为我的出生地跟他的是一样的，而且他点名需要一个单纯人类而不是复合型人类或机器人。这个老人每天最开心的事就是看我"犯错误",作为一个人,在反应速度、动作敏捷性、记忆力等各个方面都要差很多,因此常常无法准确控制水温,控制不好精确到毫克的药品计量,这时候医院的机器系统会发出红色的警报提醒,老人就会发出爽朗的笑声。他说我让他想起了自己的少年时代,那时候,人类仍然处在基本智能时代,人工智能刚刚开始发展,超级智能还离得很远。

我还陪护过一个小女孩,她因为在八岁时芯片植入发生了一点意外,需要重新植入,在两次植入间的空闲期,需要一个人类来陪伴。她喜欢听我讲故事。我讲的都是那些二十世纪和二十一世初的人们的生活故事,这些故事虽然都在数字图书馆里借阅,并且能够通过实景旅游区体验,但是小姑娘喜欢听我说的亲身经历。我给她说自己第一次看见海上日出和日落的情景。那时我才十五岁,跟着打鱼的父亲出海,因为一次预报外的风暴,我们被吹到一个小岛上。第二天风平浪静,太阳从远远的海水线上升起,那是我一生中见过的最壮美的景象。然后黄昏时,夕阳把海水染红,红和蓝交织在一起。父亲说,他有时候出海,并不是为了打鱼,只是为了看见这些景观。如今,人们无须出海了,一切都有机器人代劳,人们想看海上日出或日落,只需点一个按钮就能实现720度全景观沉浸式体验。我还跟她说小时候养的一条小狗的故事。那是一条残疾的小狗，后右腿有点瘸，但有一双深幽的眼睛，这是在机器人那里看不到的。小姑娘的第二次植入很顺利，她很快就适应了两个脑的生活，成绩优秀，以后很可能会再往上层升级的。我再也没见过她。不过，我听说她养了一条狗，那是一条百分百仿真的机械狗，唯一不完美的地方是，后右腿有点瘸。

如今，和我一样的人已经不多了。现在，人们拼命劳作、赚钱来植入芯片，或者更新自己的电子脑。我有时觉得特别可笑，这特别像原始社会的国君占领国土，像封建社会的地主占领土地，像资本主义社会的资本家占领生产资料。我们重新回到阶级社会，这个时代不再有土地垄断和资本垄断，而是知识和技术垄断。如果说，在原来人们还能通过起义或革命去获得那些资本，现在则没有人能通过自己的努力推翻这个数字金字塔。每一季，下一阶层里只有极少数人被上一个阶层的人选中升级，而被选中并没有绝对的标准，因为是整个系统根据最高效率对全部人进行数据分析后决定的。对系统来说是必然，对个人来说却是偶然。

有时候，我躺在床上会想，儿子会是最后一代单纯的人类吗——那种由两个相爱的人在爱情中孕育,由一个母亲用全部的情感和肉身诞生并养大的人?可能吧。他正在旁边的小床上睡着,因为疲惫,发出了非常轻微的鼾声,均匀而柔软。床旁边的书桌上,仍然放着一个学习机器人,这是学校配的,每个人都有。他的所有作业都是在上面做的,显示屏上几个标红的地方提醒着,尽管学习到晚上十一点,他还是没能完成今天的作业。他们的作业不是定量的,而是根据每天所有学生的完成度核算出一个平均值,平均值之下的人,就是没完成作业的人。我考虑给他退学,在这种学习程序里,他不可能跟上,不如就此放弃,安心地做宇宙中最后一个原始纯人好了。这个瞬间,我开始对生出他有点后悔,我从没想过他面临的是这样的未来和命运。

是的,放弃,我还能工作很多年,我愿意他无所事事,去画点自己喜欢画的东西,去空中草原看看花草,去小吃店里吃一点营养含量低可是无比美味的快餐,去雨天的泥坑里打个滚,去打打篮球。等他长大一点儿,去爱一个姑娘,管她是单纯人还是复合人还是机器人姑娘,只要他喜欢,就去爱她,跟她一起睡觉。我唯一不太确定的是,要不要劝说他生一个后代,如果生,又该生一个什么样的人类。算了,不去想了,他有他的命运,我连自己的命运都掌握不了,哪有能力去帮他安排未来。

我吃了两粒安眠药——失眠的人才算是真正的人——正准备闭上眼等待瞌睡降临,手机叮咚响了一下。我不想看了,可能是各种通知,也可能是明天的工作安排,还可能是催我缴费。安眠药并没有如往常一样迅速起作用,我很固执,仍然在吃传统类药物,并没有采用最先进的睡眠辅助器,原因之一当然是太贵了。我只好坐起来,拿起手机来看了一眼,那上面是一条系统通知:

> 925EOHGDD号你好,很高兴地通知你,经过系统的综合运算审核,您幸运地被选为下一批升级备选人员,请您熟读通知,做好准备,一周后升入上一层社会。根据规定,您可以携带一位直系亲属。如果您愿意升级,请务必在明晨7点前点回复确认,逾时未确认者,系统自动认为放弃。

花了几秒钟我才反应过来这条信息的准确含义,我腾的一下坐起来。

这个夜晚,我注定要无眠了。

速记概要

叙事概要

1

经济学教授王鼎天的微信和邮箱全满了,三分之一是各类记者的采访,三分之一是同行们的祝贺,还有三分之一是陌生人发来的,问他自己手里的股票到底该怎么处理。事情起因于一周前王鼎天在北大参加了一个经济学论坛时,做了一个即兴演讲,演讲稿被整理后发表了。在演讲稿中,王鼎天预测中国股市在一周之内会重上3000点,真正还暖,而就在昨天,上海证券交易所、广州证券交易所全部涨停。

巧合的是,在半年前成功预测股市会大崩盘的也是王鼎天的一次会议发言。于是股民们,甚至政府主管金融的部门认为,王鼎天的这两次预测不是巧合,而是他确实掌握了中国经济运行的某种秘密。

王鼎天昨天参加了一个高端酒会,会上有不少娱乐界的女明星,她们之中不少是炒股的,久闻王教授大名,见了面自然要敬几杯酒,讨教点炒股技巧之类,因而已经重度脂肪肝的王鼎天没忍住,喝了不少酒——当然是红酒,当然是号称法国进口的。凌晨回到家一直晕沉沉的,他没有洗澡,倒在床上一觉睡到天亮。王鼎天很久没有睡得这么沉、这么透了。醒来之后想看看几点,却发现手机因为没电早已关机,赶紧接上充电器,开机,然后就是铺天盖地的短信微信和邮件。有人提醒他打开电视。

王鼎天打开电视,体育频道正在直播一场NBA比赛,马刺队在第四节落后十八分,教练喊了暂停。他平时喜欢看篮球,觉得能放松紧张的神经,手指轻轻点了下遥控器,转到经济频道,赫然发现自己的照片在屏幕上。主持人播报:经济学家王鼎天准确预测股市起伏,中国股市终于走出低谷。王鼎天揉了揉眼睛,确认电视屏幕上的人确实是自己。几秒钟后,照片消失了,镜头转到了街头采访。股民们说:如果所有的经济学家都像王教授一样就好了,我们这样的散户就能赚到钱了。

王鼎天关掉电视,不管手机嗡嗡嗡不停地响着,走进了浴室,打开水龙头开始洗澡。擦沐浴露的时候他才发现,沐浴露的瓶子是粉红色的,前妻的。他们离婚也和股市有关,是在股市大崩盘之后的两个月,妻子埋怨他没有提早告知股市崩盘消息,导致岳父挪用公款炒股的四百多万,血本无归,后被调查而锒铛入狱。妻子对他大失所望,两人感情早有裂隙,就此离婚,财产平分,好合好散。

王鼎天叹了口气,任温热的水从头顶冲下,沿着已经日渐朽败的身体流淌,然后旋转着钻进浴室的下水道口。下水道口堆积着一小撮头发,他用脚趾搓了搓,发现很长,也是前妻留下的。王鼎天一点也不兴奋,反而觉得十分荒诞,他始终有点不敢相信自己做到了这么神奇的事,虽然从三十年前开始接触经济学和股票开始,他就希望自己能掌握股市神奇的规律。

下午,王鼎天接受了几个采访,是中央电视台经济频道的,老熟人,他不能拒绝。主持人问他是怎么判断出这次中国股市骤然回暖的,他东拉西扯说了一通,什么银行调整利率啦,什么内需拉动啦,什么国际资本回流啦,等等。一条条看起来都很有说服力,但他自己心里清楚,这些条件以前也具备,可股市就是跌跌跌。这一次并没有任何征兆或特殊情况,突然暴涨的原因完全找不到,可他不能这么说。

采访后,他到办公室,回了几个邮件,又拒绝了一大堆经济论坛和会议的邀请,靠在了沙发上。他闭目回想自己那天的演讲,不记得有哪几句话预测股市了。宿醉还有些,他歪了歪身子,想眯一会,屁股却被什么东西硌了一下,伸手一摸,掏出来一个录音笔。他愣了愣,随即想起来了,这正是那天论坛时录音用的。录音笔是出版社编辑小孙的,他准备出版王鼎天经济谈话录,买了一个录音笔给王鼎天,让他把每次演讲都录音,不管是即兴的还是有讲稿的。

王鼎天突然意识到什么,他打开笔记本电脑,把录音笔接上,找到了那天的演讲录音,开始听了起来。

2

日报经济口记者何道光这几天也是焦头烂额。股市骤然转好,他被套牢的那几只股票终于解套,他不但没赔还小赚了一笔,但随着股市飘红而来的是房价也随之上涨,他一直想着能凑够的首付,差距却越来越大。但未婚妻和丈母娘不管这个,她们放出话来:没有房子,绝不结婚。再者,也是因为股市回暖,他的工作量一下子加大了,要不断采访各种人,每天都拿着采访本跑来跑去。

更何况,王鼎天的那篇演讲稿就是他刊发的,稿子送审的时候,值班副主编把王鼎天预测股市暴涨那段话画了红线,点着问:你确定他是这么说的?你确定他没疯吗?

叙事概要

何道光脑子嗡的一下,他其实心里没底,因为他拿到了主办单位给的速记稿之后,只是校对了文字,本来想跟自己的现场录音对照一下,却因为那天约好了跟女朋友去看一个二手房而耽误了。现在他如果承认自己没有核实,这个月的奖金肯定会被扣掉,没准还得记一个过,所以他只好硬着头皮说:核实过了,王教授在经济学界一直以神奇的预测著称,上一次股市崩盘也是他预测的。副主编琢磨了半天,还是签了版。

就在王鼎天听录音的时候,何道光也偷偷打开了自己的录音笔,把王鼎天的演讲录音和速记稿一一对照。对照的结果让不同地方的两个人都大吃一惊:录音中完全没有预测股市上涨的话。他们又听了两遍,确认没有。

何道光知道一定是哪里出了问题,他打电话给王鼎天,坦白了自己的疑问。王鼎天说电话里说不清楚,见一下吧。

两人约在王鼎天家附近的咖啡馆。

刚坐好,王鼎天就问何道光那篇报道到底是怎么回事。何道光说你是不是也听了录音?王鼎天点点头,我……没说过股市一定上涨,而且是大涨。何道光说,我这里的录音也是这样,看来其中一定出了什么问题。王鼎天说,新闻是你发的,问题肯定出在你那里。

何道光说，自己的新闻是根据速记稿整理刊发的，如果错了，那一定是速记稿错了。

一瞬间，王鼎天想起了那天论坛上的速记员，是一个二十多岁的小姑娘，短头发，戴着眼镜，看起来安静而腼腆，就坐在讲台的侧面。他演讲的时候，也能听到速记员噼噼啪啪打字的声音。

那一定是速记员记错了，王鼎天说，但是……怎么会呢？

何道光说，现在我们没办法证明这件事，而且这个预言成真了，我们也不能告诉大家说根本没有这个预言。这对你不好，对我们报纸也不好。

王鼎天说那怎么办？

何道光说，现在看来，我私下调查一下，看看速记稿为什么会出现这种情况，再做打算吧。

王鼎天点点头，说，查，一定得查。

两人起身分手，已经出门了，王鼎天喊住何道光：你不会……刚才咱俩的谈话又录音了吧？

何道光点头，说抱歉，职业习惯，不过您放心，今天的事情只有咱们两个人知道。

王鼎天耸耸肩，说反正新闻是你们发的，查到什么情况，随时给我打电话。

叙事概要

何道光又点头。

何道光很快找到了主办方的工作人员,跟他问速记员的名字和电话。工作人员说,他是在网上找的,速记的小姑娘干完活,把速记文字拷给他之后,就消失了,并没有联系方式。何道光问他是哪个网。工作人员说,是赶集网,对了,那个小姑娘的网名叫光谱,阳光的光,乐谱的谱。

何道光回到办公室,刚打开电脑,女朋友的电话就来了,问他怎么还没到。何道光一拍脑袋,他俩约好了去看另一个小区的二手房的,他跟女朋友道歉,说得加班,让她自己看,看完发照片过来。女朋友因为刚刚把股市里的钱提现,心情不错,没跟他计较。

何道光登录赶集网,寻找光谱的信息。经过半个多小时的检索,他终于联系到了这个叫光谱的女孩,谎称自己在筹办一个会议,需要速记员。光谱说把时间和地点通过站短的形式发给她,她会准时到,费用是每千字五十元,现场结算。何道光同意了。

何道光马上把消息告诉了王鼎天,让他到时候一起去,看看这个光谱是不是那次帮他速记的人。王鼎天说,不愧是记者,这么快就有线索了,自己一定会去。

接何道光电话的时候，王鼎天在超市里。他买了全套的洗漱用品，又找了经常用的保洁，把家里里里外外收拾了一遍，特别是卫生间：新洗发水、沐浴液，新毛巾，新浴袍。保洁走了，他打开热水器，放了一浴缸洗澡水，然后躺在里面，打开手机刷这几天股市的曲线图。他看到，股市的确在自己的演讲发表后一个多小时开始上涨，然后一发不可收，直到涨停。他清楚得很，这种涨法很不合规律，但它确实发生了。凭借浸淫金融领域多年的经验，王鼎天知道股市的后面一定有人操纵，但什么人有这么大的能量，他完全想不出。

王鼎天用手机搜出了那篇报道，尝试以那天演讲的腔调读了出来，特别是到了预言股市上涨的那几句，他恍惚觉得这几句就是自己说的，措辞都像。也许我就是个神奇的预言家，为什么不呢？他想。

3

两天后，在王鼎天任教的大学的会议室里，光谱走进来，却发现整个会议室只有两个人，根本没有一个大型会议。一看见光谱，王鼎天大喊就是她，她就是那天的速记员。光谱慌张地想离开，何道光却堵住了门，拿出了那篇报道和录音笔。

怎么回事？王鼎天质问光谱，我的发言里明明没有说股票会大涨，为什么你的速记稿里有？

光谱知道自己跑不了了，慢慢镇定了些，小声说：我不知道，我只负责打字，打完字把速记稿给办会的人，他们还要整理的，可能是他们整理时改了。

王鼎天愣了一下，转向何道光，何道光点点头，意思是一般的会议确实如此。

何道光说：你的意思是这些是工作人员加上去的？不可能，他们不可能这么干。

王鼎天也摇头：你的解释太苍白了。

光谱只是说：我不知道，真的，我真不知道，你们放我走吧。

何道光突然冲过去，抢了光谱的包，光谱一边回抢，一边尖叫起来。但是动作迅速的何道光已经打开她的包，发现里面有一个速记器，还有一个很大的硬盘。

光谱明显惊慌了，她再次试图抢回自己的包，可王鼎天死死抓住她的手腕，说别动。光谱挣扎了一会儿，觉得无望，只好放弃了。这时，何道光已经用自己的电脑打开了光谱的硬盘，硬盘里都是一个个的文档文件，名字标记的是：2016年7月1日中国现代文学研究会速记，2016年6月27日北大光华管理学院经济会议速记……密密麻麻有上百个之多。

何道光和王鼎天吓了一跳，他们从来没见过这么多会议挤在一个小小的空间里，并且这些文件名几乎涵盖了近两年内社会生活的所有方面，政治会议，经济会议，文化会议，文学会议，剧本讨论会，学术研讨会，家长座谈会，甚至还有两个谈恋爱的人的电话记录，你能想到的被说出的话，都被记录了下来。

王鼎天的手不由自主地松开了，光谱揉着自己的手腕，小声说：你们……这是抢劫。何道光说，这些都是你记的？光谱犹豫了一下，点点头。王鼎天突然想起了什么，他冲过去，快速移动着光标，寻找一周多前北京经济学论坛的速记稿。

他找到了，标记的日期是2016年7月5日，没错，就是这天。王鼎天打开文档，文档很长，他检索到自己发言的那一部分：

> 对于中国的股市，我个人一直充满信心，这是由我们特殊的国情和股情决定的，也是由中国股民的特

殊心理决定的。我甚至可以断言，一周，最多十天，我们的股市一定会迎来一次暴涨，所以说投资者现在就应该出手了……

不，王鼎天冲着光谱大喊一声，不，你记录得不对。光谱咬着嘴唇。何道光说怎么回事，哪里有问题？这段跟主办方发给我们的基本一致。

王鼎天说，没错，是基本一致，但在很多关键的地方有一两个词变化，整个意思就都不一样了。我还能记得清楚，当时我说的是"我甚至可以断言，一周，最多十天，我们的股市一定会迎来一次波动，所以说投资者现在就应该住手了"，她把波动改成了暴涨，把住手改成了出手。何道光刚要点头，突然想起了什么，说：王教授，会不会是……你的口音问题让速记员听错了？波动和暴涨，住手和出手，你发音真是很难辨别。

王鼎天愣住。光谱似乎抓住了一根稻草，频频点头，说是的，很多人发言我都听不清，可现场又不能停下来去问，只好先记下来，再让工作人员去核实。这不怪我，你们没有核实。

王鼎天摇头，说自己的口音确实比较重，但为什么之前的速记从来没出现这种情况呢？不可能，其中一定有问题。

何道光说,我之所以有这个疑问,是因为我想起来这篇速记给我的时候,既不是波动也不是暴涨,而是暴动,是我以为她打错了,就把暴动改成暴涨的。

王鼎天没有回答,又在文档群中寻找,但他没有找到半年前那次会议的速记记录。就是那一次,他"预言"了股市的暴跌。作为一个经常上电视或开会的经济学人士,王鼎天当然清楚,自己绝不会真的去明确预测股市的涨跌,他们只会说一些模棱两可、含含糊糊的话,给自己留有余地。半年前,当他试图质疑记者歪曲了他的意思的时候,股市却真的暴跌了,人们对他一片股神的赞扬之声,他那时不免恍惚,觉得也可能是自己真的猜准了,就坡下驴,顺杆往上爬,趁机狠狠地赚了不少名声和银子。

王鼎天突然看见何道光拿出了小本子,在上面记着什么。你干吗?他问何道光。

何道光立刻把本子收了起来,说没什么没什么。

王鼎天一拍脑袋,唉,你看我这记性,我想起来了,这个速记稿其实并没有脱离我的演讲,整体的意思都对,只不过个别词语有些出入,口音问题,口音问题,所以说国家推广普通话还是很有必要的。

光谱趁机拔下硬盘,装进包里,说我可以走了吗?

何道光说等等，你们速记行里是不是有规定，速记稿发给主办方之后，你们必须把速记稿删除，你私自存档，违反了约定吧？

光谱摇头，说何老师，何记者，我认识你的。这个你就不好说我了，我给你们报纸做了四次速记，每一次都把速记稿给你们了，可有两次你们的人说自己弄丢了，又让我给他发过去。如果我不留档，怎么办啊？

何道光也想起这个女孩有些面熟，似乎确实在单位组织的一些会议上见过。

三个人走出教室的时候，达成了一个约定：一切都很正常，没什么意外情况，王教授还是预言神奇的王教授，何记者还是报道准确的何记者，而速记员光谱需要增强听音辨字的能力，因为不能指望王教授一类人能在短时间内把普通话练好了。

4

光谱刚匆匆上了公交车，极光的电话就打过来了，问她到了开会地点，为什么没有回话。光谱告诉他，自己这里出了点小问题，现在往回赶，回去再说。极光告诉她小心点，光谱一回头，发现公交车前面站着何道光，心里咯噔一下，知道自己被跟踪了。

光谱挂了电话，假装没看见何道光，眼睛望着窗外。光谱心里很着急，不知道怎么摆脱何道光，这个记者看来已经看出问题了，刚才之所以和王鼎天他俩达成约定，就是为了让自己放松警惕。光谱狠狠地掐了一下胳膊，怎么就这么大意，想不到他会跟踪自己。如果不能摆脱他，他一定会发现极光的，到时候可就麻烦了。

光谱想过中途下车，可是下车去哪儿呢？何道光肯定也会跟着下车的。报警？以什么理由？他是记者啊，他有权利采访任何人。想了半天，光谱忽然有了主意，她打开手机，用微信小声地把刚才发生的事跟极光说了，问极光的意见。极光说，让他来，没关系。这种情况我们也不是第一次碰到，就用曾经演练过的办法对付他，明白了？光谱愣一下，说真要这样啊，我知道了。极光说，演得像一点，别露出破绽。光谱说，嗯，嗯。极光说，别担心，我早就准备着面对这一天了。

光谱关了微信，心情不但放松，甚至有点美好起来，她头斜靠着车窗，极光的脸就在玻璃上若隐若现了。

何道光知道自己被发现了，但他凭借多年做记者培养的观察人的能力,更知道光谱跑不出自己的视野。他从这件事里发现了一个巨大的新闻点,或许不算新闻,但他很清楚,这件事绝非什么口音或打字失误一类的意外。刚才正是何道光提出了三方都能接受的方案,他们才离开的,他转了个头就赶紧跟上了光谱。他还猜想不出自己挖出的究竟是怎样的新闻,但他已经很久没有这么强烈的职业冲动了。刚做记者的时候,他跟着师父去探访黑作坊的那种使命感和心情又回来了。他想这是个机会,能让自己的职业生涯更上一层楼,也能让一直劝自己转行新媒体的女朋友死心。

公交车在报站名,下一站立水桥东,他看见光谱的头歪了一下。何道光知道,这是人的一个习惯性动作,听到自己要下车的站名时,会不由自主地惊醒一下。何道光决定不再躲着,他走到光谱旁边,说真巧啊,你也住这里?光谱不知道该怎么回答,只是点了点头。何道光说,太巧了,我正好到这边办事。

他们一前一后下车,光谱在前面走,何道光在后面跟着,七拐八拐走进了一条街。街两边是各种打印、小吃、喷漆等小公司,光谱停在群光文化技术公司的门前,回过头:我到了,你别再跟着我了。何道光说,光谱,我想见见你们老板，我们单位想找一家速记公司长期合作，价钱好商量。

光谱深呼吸说：何记者，我求你了，你回去吧。

何道光说：光谱，你反正说了不算，叫你的老板出来吧。

光谱还在犹豫，店门开了，一个三十岁左右的男子走出来，冲光谱点了点头。

光谱张嘴要说话，男子摆摆手，让她进去。光谱如获赦免一样，快速地溜进屋里。男子笑着对何道光说，何先生，您也请进。

何道光跟着他进去，里面摆着打印机、扫描仪、好几台电脑，还有一个架子，架子上摆着一堆速记器。再往里走，有一间小办公室，男子让何道光坐下，还倒了一杯水递给他，说：我记得您，您是记者，你们和我们有过不少次业务往来，哦，对了，你叫我极光吧。网名，我们这里都叫网名。

极光，何道光念叨了一下说，光谱，群光文化技术公司。

极光笑了，竖起大拇指：够敏锐，不愧是记者，所以你今天来，其实根本就不是谈业务的，对吧？

何道光被他直接说明来意，反倒一惊，接着说：记者嘛,负责报道一切,一切都是我们的业务。

极光耸了耸肩,说好吧,咱们也不用绕弯子了,那就说说你想报道什么吧。

何道光整理了一下思路,从包里掏出了速记本和笔,还有录音笔,挥舞着冲极光晃了晃,意思是问他介不介意。

极光又耸了耸肩,表示无所谓,随你便。何道光说了句谢谢,打开录音笔。

你炒股吗?

股票?不,我从不碰这个,我不懂金融,也没那么多钱去玩这个。极光晃动着两只手,接着说,你看,我们是真正靠两只手吃饭的人,速记,打字。

那最近股市的暴涨你听说过吧?而且一个叫王鼎天的教授提前预测了这次暴涨,他的发言稿就是我发的,也是刚才那个小姑娘——光谱给记录的。

是我们的员工速记的,没错,我说过和你们有过不少业务往来。极光说着拉开抽屉,拿出一盒烟来,抽出一支递给何道光。何道光摇头,说北京室内禁烟了。

极光笑笑,点着烟,那是公共场合,我这是私人空间,你接着说。

何道光忽然有点心虚了,他想到也许这一切都是巧合，并不是自己所以为的背后有什么秘密。当了这么多年记者，他见过也听说过很多巧合到离奇的事。可是他已经没有了退路，就算是为了完成这次"采访"，他也得继续聊下去。

问题是，我问过王鼎天，甚至听过他的现场演讲录音，发现他并没有预言股市上涨，他的发言和你们的速记稿，有一些关键性的词语完全变了。

哦，这很正常嘛，速记是一个非常受偶然因素影响的工作，比如发言者口音比较重啦，现场环境嘈杂啦，中途有人打断啦，还有速记员偶尔走神啦，都可能会影响到速记稿上的小讹误。哦，我们这行是有标准的，只要误差不超过百分之五，都没问题。极光吐出的烟缭绕起来，这个房间太小了，而且窗子关着，这些烟就久久不散去，两个人就隔着呛人的烟味谈话。这些话，也如同烟一样，让人难以把握。

何道光一时间不知道该问什么，极光一张嘴就把这个问题给终结了。

还有，一般情况下，主办方拿到我们的速记稿后，会发给发言人，由他们自己确认。如果发出来的稿子有问题，很明显，主办方和发言人没有确认，这个责任不在我们。极光捻灭了烟头。

何道光的目光终于不再盯着燃烧的烟,他回过神,说还有一个问题,你们速记员应该及时删掉记录的文字,而不是保留。我看过光谱的硬盘了,那里面有上百个速记稿,我有理由怀疑你们是故意这么干的。

极光听了,哑然失笑:为什么?我们很闲吗?

何道光听见他反问,心里有了点底,经过这么多年的采访,他对受访者的心理了如指掌,一旦他们开始反问,并且连续反问的时候,就是你的问题问到了他们的痛处。他当然得趁热打铁,他突然来了热情,也来了灵感。

因为你们是一个特殊的组织,速记只不过是你们掩人耳目的幌子,你们的真实目的是搜集信息。对,搜集信息,提供给某些大公司,甚至是国外的势力。

有意思,极光坐直了身体,说:问题是,所有我们记录的信息都是公开的信息,根本不需要这么费劲,对吧?

他继续反问,他很快找到了应对的合理理由。

但是这一切,我是说,王鼎天上一次预言股市大跌和这一次股市暴涨,都是你们速记记录的,如果只是一次可以说是巧合,但不可能两次都这么巧,事情不会这么简单。我想看一下你们的所有速记档案,当然你可以拒绝。何道光觉得自己正一点一点掌握主动权。

极光又点燃了一支烟,吸一口,吐出来:你不是记者，你是写小说的，这么离谱的事你都想得出来。

何道光被自己的猜想说服了，他觉得就是这么回事。

这时门开了，光谱哭喊着冲了进来，跪倒在极光面前。

何道光吓了一跳。

对不起，老板，是我故意写错的。何记者，不关我们公司的事，这两次都是我故意写错的。

何道光愣在那里，他感觉自己刚刚掌握的主动权又一点点丧失。

极光不说话，看着何道光。何道光在他的盯视下把光谱扶起来，让她说到底怎么回事。

光谱抽泣着，说自己其实很早就认识王鼎天。三年前，自己刚到北京工作的时候，曾经给他们家做过保姆，那时候王鼎天猥亵过自己，自己怀恨在心。后来当了速记员，一次偶然的机会正好会议有王鼎天的发言，自己为了报复他，就是故意把他的一些话打错，好让他出丑。可是没想到他却因错得福，成了有名的股市预言家。

为了证明自己的话，光谱还拿出了一张照片，照片上是王鼎天跟光谱的亲切合影。

何道光听了光谱的话，不知道该不该信，但是他的主动权已经全部丧失了，他无法再质疑极光。

极光又点着了一支烟，吸了一口，笑着说：好了，何记者,别整天疑神疑鬼的了,哪有什么神秘组织啊,假设我们是一个组织,你也是我们一伙的啊。

何道光说,什么意思。

极光又开始吐烟圈,其实一支烟他并没有吸多少,大部分都被他吐了出来。

群光,极光,光谱,何道光……你不觉得像是老天注定的吗?

何道光一惊,他没想到极光会这么想,不过他说的确实很有意思,为什么所有的光都集合在一件事上了?

巧合吧,只能是巧合,没错。

5

何道光离开后,极光冲光谱竖起了大拇指,演得好。光谱惊魂未定说,你说他信了吗?极光说他肯定不会全信,但你合成的照片起了关键作用,他不信也没关系,他不可能去问王鼎天这件事。

光谱说对不起,都是我惹的麻烦。

极光摆摆手,说你把所有的文档都备份好,以防万一，不要存在硬盘里了，都传到网盘上去。

光谱点点头。

极光走出了群光文化技术公司，走向路边停着的一辆汽车。

汽车很快开动，转弯，上了主路，他必须尽快把这件事报告给阳光。

阳光住在郊区的一栋跃层别墅里。

极光的车开进院子时，阳光已经在院子里的遮阳伞下坐着了，他在等极光。

极光简要地告诉了阳光事情的经过，以及他和光谱的应对过程，阳光点点头。极光问他，要不要通知所有的速记员暂时停止活动，他担心那个记者不会善罢甘休。阳光摇头，说：不……不……用。原来阳光是一个重度的结巴，因此他很少说话，除非迫不得已。极光问他还有什么安排，阳光张了张嘴，但没说话，他打开了旁边的一个手提箱，拿出了一台速记器。这是一台特别的速记器，屏幕很大，而且可以360度旋转。

阳光把速记器屏幕转向极光，手指伸向了键盘，他的手指修长白腻，看起来像弹钢琴的手。事实上，阳光打起字来确实像一个高水平的钢琴演奏者，他的手指在键盘上翻飞，毫不费力，犹如蜻蜓点水，有时候又一阳指快如闪电。因为结巴，他讨厌说话，所以每当他要说很多话时，就用打字的方式。

阳光打字太快了，而且没有一个错别字和错误的标点，极光看到阳光的手说：恰恰相反，你要通知他们更大胆一些。事实上这是我很早就做的安排，我一直在等着这一天，我只是没想到这个爆点竟然是股市。这是意外，但很好。告诉所有的速记员，让他们发挥自己的想象力和自由度，不管记录什么都可以去修改去创造。

极光有些担心地说，这样会不会出事？

出吧，让暴风雨来得更猛烈些，我已经准备好了。还有，一周后，你把所有的速记员都辞退，给他们足够的遣散费，公司账面上所有的钱都分给他们。记得交代他们，如果有人采访或问询，他们什么都可以说，不用隐瞒。

极光转头看着阳光有些激动的面容，点了点头，说：既然你想好了，那就这么办吧。

阳光合上了自己的速记器。

6

四天之后,何道光的一篇文章在微信和微博圈广为传播。

那天离开极光后,回去的路上他思虑再三,还是不想放弃。不过他很清楚,要写这样的稿子,不可能在自己工作的报纸或正规媒体上发布。好在现在自媒体发达得很,他女朋友就是做这个的,很容易就能发布出去。回去后,何道光把自己参与的所有重要会议的录音和速记稿找来,还有一些他认识的记者朋友的,花了三天时间做了详细的对比。结果让他大吃一惊,几乎绝大部分重要会议的重要发言,都和速记稿有一定出入,有些出入简直是天壤之别。

他一夜未睡,写完了题为《是谁在篡改我们的声音》的文章,在零点左右同时在几个粉丝十万以上的公众号上发布。这篇文章的点击迅速破十万,冲击百万。它引发了一系列的连锁反应,紧接着的八个小时之内,包括文学、社会学、经济学、哲学在内的所有领域内的重要人物都发布了微信公告或微博公告,指出自己在报纸发表的某一篇发言稿被人窜改了。当然,这种时刻少不了好事者趁机制造谣言,甚至有人说各种政府文件和新华社、中央电视台的新闻里都存在着这种情况。

人们在最初的幸灾乐祸和狂欢之后,陷入了巨大的恐慌里。股市开始暴跌,因为没有人能确认专家们的哪一句话是他们说的,哪一句是速记员修改过的。十二个小时之后,警察开始介入并调查这件事。

警察在何道光家门口敲了十多分钟的门,几乎要破门而入的时候,他才睡眼惺忪地来开门。他熬了几个通宵太困了,发布完那篇文章就关了手机,昏昏睡去。何道光知道自己这篇文章会有一定的影响,但是他没想到会传播得这么快,影响这么广泛。

看见门口的警察,何道光一身冷汗,彻底清醒了。他十分配合,把自己知道的全部告诉了他们,包括极光、光谱还有群光文化技术公司的地址等。他把采访极光的那段录音放给警察听。

警察按图索骥找到了群光文化技术公司,查封了那里,收缴了十五个2T的移动硬盘。在这些移动硬盘里,他们发现了上万份速记材料,三年来北京城五分之一的大型会议记录都有存档。他们还带回了极光、光谱、绿光、微光等十几个速记人员协助调查。

不过,警察赶到阳光的别墅的时候,他已经死了。是自杀,他给自己注射了从国外购买偷运进国内的安乐死药物,毫无痛苦地死去了。在他的速记器上,留着一段文字,标题是:最后的话。

这段话也很快在网上传开。

最后的话

这是我所能说的最后的话了,为了这一刻,我已经准备了太久。

现在,我可以确保这些话能够被很多人看到,我已经期待了太多年。

好吧,我坦白告诉你们,我是一个结巴,重度的结巴,我几乎无法跟人正常说话。但我并非天生结巴。我以前口齿伶俐,说话非常流畅。但是在二十几年的时间里,我的话都没有人听,也许听了,但不会有人认真对待。人们相信的是权威的人说的话,不管他是个当官的,还是个什么专家,甚至是一些沽名钓誉之辈,普通人没有发言的机会。

我有过一次机会,可是搞砸了,彻底搞砸了,面对着上千人,面对着话筒,我竟然结巴起来,然后这结巴越来越严重。我失去了说话的能力。

几年前,我还是一个小速记员,每天在各种会议里,帮发言的人把他们说的话记录下来。过几天,这些话就会变成报纸上新闻上的字,变成手机上的信息,人们传阅,转发,相信,有时候谎话就这样被实现了。然后有一天,我参加一个文学会议,有一个年轻的刚从国外回来的学者在讲后现代,讲后殖民、后批评等一大堆我完全不了解的话,他讲得很快,还夹杂着一些外语,不是英语,可能是法语,也可能是德语,我不知道。我跟不上他的发言,但是又必须完成任务,所有我只能凭借自己的猜测去补足那些没听懂的地方。

哈哈,这个速记稿给了主办方,后来在一个很重要的报纸发表了出来,我看到几乎一个字没有改,都是我打下的东西。然后那个学者一周后就获得了某个很重要的学术奖,他自己竟然在采访中引用了这篇报道的说法,而那段话完全是我杜撰的,根本就不是他说的。他自己信以为真。

慢慢地,我就越来越大胆了,也越来越聪明。我会在速记中,随时改掉发言者的一个数据,一个词语,一个表达方式。我成了一个名副其实的篡改者,但是没有任何人发现问题,他们发完言就不管了,没有人管。我可以随心所欲,我能够对这个社会的一切领域发言。

后来我赚了点钱,开了一家自己的速记公司,生意兴隆。我诱导所有的员工跟我一样,去修改那些发言。他们干得很好,很快就上手了,甚至上瘾了,这是他们一生中唯一的创造世界的机会。

好吧,我愿意承担这件事所引起的一切责任,请放过那些速记员,她们没有罪,她们只是有话要说。

我最后要说的是………

可能是打到此处,药物发挥作用,极光的手已经不听使唤了,文档上留下的是几乎两页的毫无逻辑的字和乱码。

7

极光被控虚假信息传播罪,判了一年零三个月,而光谱等速记员并没有被起诉。

何道光在看守所采访了极光,他的光头上长出了毛寸,整个人的精神状态很好。

何道光问他是不是后悔了,极光摇头,说不会,他对此有完全的心理准备。何道光说,阳光是一个有心理问题的人,而你,我已经查清楚了,你是名牌大学中文系毕业,还写过一些诗歌和小说,怎么会卷进这件事里呢。

极光想摸摸自己的光头,但手被铐着,就放弃了。极光吸了吸鼻子说,其实也没什么,一嘛,是觉得无聊,想找点刺激的事情做,刚好有一次在一个论坛上认识了阳光,他的故事让我很感兴趣,他做的事我更感兴趣。第二个嘛,我当年确实写过一些诗,还发表了,并且引起了很大的反响。但是没过多久,就有一个著名的诗人告我的诗抄袭了他的,我是一个初生牛犊,他是诗坛大腕,你说人们会相信谁呢?我成了抄袭者,我写了很多自辩的文字,这网上都能找到,但根本没人看,这让我很受伤。我想这可能也是一个动因吧,这件事之后我再也没写出好诗了,一句都没有,这比告我抄袭更让我沮丧。如果我还能写出让人惊叹的诗句,那有关我才华的质疑自然不攻自破,可是江郎才尽,真尽了,然后就是无聊。阳光让我做的事很有意思,真的,我们的速记员会在速记的过程中修改发言者的发言,然后这些发言会以各种面目发布在各种媒体上，有很多都被转载和议论。我要去追踪这些发言的后续反应和效果，有时候也在网上发发帖子，推波助澜一下。比如说王鼎天当年预测股市大跌，其实那段时间有好几个专家都有类似的说法，但是我们使劲推王鼎天，他就成了第一人。再说，你是做记者的，你应该比我更清楚，这个世界上的话没有多少能信的，你每天发的稿子你自己信吗？哼，说到篡改，你们比我们篡改得更多吧？

就这样？何道光不理他的挑衅，继续问他。

极光又耸了耸肩膀，说是不是挺不靠谱的？可是就这样，这里最差的就是没有烟抽，你如果是个烟民，千万别被关进来。

其实你并不太会吸烟，你只是借着烟来掩饰自己，对吧？

极光举起自己的手铐：算是吧，我挺高兴的，这里也很刺激，我就喜欢过这样的生活。我想将来我可能会写一本书，虽然写不出好诗了，但我的文字功底还在，我要好好写写阳光啊光谱啊他们，也写写监狱，到时候寄给你一本。你是不是还想去找光谱她们？

何道光犹豫了一下，点了点头，她们的想法肯定和你不一样。

极光说，我阻止不了你，不过，希望你别伤害到她们。

何道光站起身,说:再见。

极光说:再见,如果你再来,能不能帮我带几包烟来?

何道光说:这是妄想,烟是进不来的。

极光很失望,用手铐敲了敲桌子。

8

何道光没有采访到光谱,这件事后,她离开了北京,到了南方。

但何道光找到了她在赶集网的账号,给她发了十几条信息,光谱都没回应。就在何道光觉得光谱已经彻底消失的时候,他的QQ邮箱里收到了一封邮件,邮件有一个超大附件,是光谱发来的。光谱在邮件中说,她现在已经不做速记员了,在老家的县城开了一家网店,卖三黄鸡,吃粮食长大的,一百二十块一只。

附件里是她所有的速记稿,每一个都有两份,一份是她修改过的,一份是她根据录音整理的。每一次速记,她都自己用手机偷偷录音,之后再抽时间整理出一份和发言者说得一致的速记稿。光谱说,她随意修改时,心里一直很不安,觉得自己似乎改变了什么重要的东西,所以她留下了原始记录。她还恳请何道光别再追查这件事,阳光死了,极光进了监狱,自己和其他的速记员也隐姓埋名回了老家,或换了其他行业,没必要再追寻下去了。把这些速记稿给了何道光,她对这件事已经再没有了责任,也没有了牵挂。

何道光下载了附件,解压缩后打开,发现了几百个文件,有一部分是之前在光谱的硬盘上看到过的,不过这次都多了一份原稿。修改稿和原稿中有差异的部分,光谱都标成了红色。这些速记稿内容五花八门,什么都有,何道光一个挨着一个打开,仔细去辨别光谱改动了什么,删除了什么,增加了什么。他对比得头昏脑胀,有好几次,他都混淆了原稿和修改稿。比如下面这一个,作为一个非文学专业的人,他完全看不出这两段话在字面意思之外有什么本质区别。

在所谓的原稿里,光谱是这样记录的:

> 冯吉天:一代有一代之文学,这早已经是一个文
> 学史上公认的规律,当然也是最无用的规律,这是一

个理由，更是一个借口。但不这么说，我们就找不到自己的时代的立足点，怎么办？只能是通过把自己和前辈们区别开来确认自己，布鲁姆说得好啊，影响的焦虑。但在我们的时代，其实那些早已经成为经典的大师和他们的作品，并不造成焦虑，比如新文学中的鲁郭茅巴老曹，面对他们，我们不焦虑，不但不焦虑，有时候还窃喜。为什么？因为他们是靶子啊，我们可以对着他们的作品投下无论什么标枪，永远都中靶，搞不好还是十环啊。我们可以使劲批判，并借此树立自己的文学形象，进化论，这样干的人通常都有进化论的潜意识，认为文学是随着时代的进步而进步的。面对这些人，他们不焦虑，他们最焦虑的是活着的，特别是跟自己年纪特别近的作家，60后面对50后，70后面对50后60后和80后，80后面对56789，对，他们面对自己的一代人同样焦虑……（2016年6月24日 字里行间德胜门店 我们时代的文学——冯吉天对话马丽蓉）

而在另一份修改过的速记稿里，光谱的记录则是这样的：

冯吉天：一代有一代之文学，这早已经是一个文学史上公认的规律，当然也是最有用的规律，这是一个借口，更是一个理由。只有这么说，我们才能找到自己的时代的立足点，必须这么办。通过把自己和前辈们区别开来确认自己，布鲁姆说得好啊，影响的焦虑，焦虑产生动力，动力催生创新。在我们的时代，其实那些早已经成为经典的大师和他们的作品，就是这样的动力，比如新文学中的鲁郭茅巴老曹，面对他们，我们不焦虑，不但不焦虑，有时候还窃喜。为什么？因为他们是榜样啊，我们可以对着他们的作品投下无论什么赞赏，谁是小鲁迅，谁是小茅盾，永远都中靶，搞不好还是十环啊。我们可以使劲类比，并借此树立自己的文学形象，循环论，这样干的人通常都有循环论的潜意识，认为文学和时代的进步并不同步。面对这些人，他们不焦虑，他们最焦虑的是活着的，特别是跟自己年纪特别近的作家，60后面对50后，70后面对50后60后和80后，80后面对56789，对，他们面对自己的一代人同样焦虑……（2016年6月24日 字里行间德胜门店 我们时代的文学——冯吉天对话马丽蓉）

何道光觉得每一类文档上的发言，不管是原稿还是修改稿，在阅读上和逻辑上都说得过去，没有什么大问题。

他又搜索了这次活动之后的媒体报道,并惊讶地发现,两个版本的都有,再仔细对比,发现这些报道的来源并不一样,有的是活动主办方发布的,有的则是参与的读者自己记录的。何道光颓然地坐在椅子上,失去了继续对比的动力。

这时手机响了,是主编打来的,说有个重要任务交给他。

9

那天分手后,王鼎天回到家里,老觉得不踏实,但接下来蜂拥而至的各种采访和会议邀请让他无暇顾及其他,特别是几天后他就接到了国务院经济委员会的邀请,希望他能成为这个委员会的专家顾问组成员。王鼎天非常清楚,能进入这个专家组的人,不但等于是确认了经济学界的大拿和一流学者地位,而且真的有左右经济政策的能力了。他不可能拒绝。再一次躺在自己的浴缸里,王鼎天想起这一段事情恍然如梦。半睡半醒中,他接到了何道光约见面的微信。

还是那家咖啡馆，两人再次碰面。王鼎天问何道光后续又做了什么，何道光只告诉了他网上能查到的事，没有提光谱给自己寄了硬盘。何道光问王鼎天当名人的感觉怎么样。王鼎天苦笑一下说，爽，累，虚。

你怎么样？王鼎天问。

我结婚了，何道光说，前几天的事。

恭喜恭喜，王鼎天说，早说，我准备个红包。

何道光说，谢谢，是这样，我们单位过段时间要牵头召开一个全国经济会议，领导让我务必请你参会，并做主题发言。

王鼎天说，我现在还不能答应你，这段时间事情有点多，不过你放心，只要安排得开，我一定去。

何道光不置可否，他专心地把牛奶倒进咖啡里，顺时针搅动，一圈又一圈咖啡很快失去了纯黑色，奶也失去了纯白色，它们融合成了咖啡色。他拿出小勺，杯子里的咖啡还在旋转，在漩涡的底部，聚集着方生方灭的小小气泡。旋转终于缓慢下来，他端起杯子喝了一口，泡沫沾在了他的嘴唇上。

王鼎天说，没别的事，我先走了，接着冲吧台招手：服务员，买单。

虚构概要

叙事概要

1

青年阿宾觉得自己终于开始享有美好的人生,尽管在他的父母看来,那根本就不叫人生,而是他们最为深恶痛绝的碌碌无为和自暴自弃,是他们辛苦一生而酿成的最大败笔。阿宾并不生父母的气,他非常理解他们的不理解,甚至他对自己生活的确认很大一部分正是依靠别人的不理解来实现的,人人都理解的好生活,一定是最为庸俗的生活。他想过得不那么庸俗。

说到底,阿宾还是不够自信,否则他就不会住在家里了,他可以租个房子,远离父母,这样谁也不能天天对他说三道四。就算是在朋友们那里,也并不是所有人都认同他,大概有三分之一的人,觉得阿宾精神有点问题——当然不是什么大问题,但总归有点问题,不正常。这也很好,阿宾同样认为,如果所有人都认同自己,那也是庸俗的。

那么,青年阿宾到底是做什么的呢?好难概括,不妨这么说吧,他是这个全新的自媒体时代的一个自媒体人,但又不是papi酱那些靠段子或表演来维持的自媒体,他就是开了许多个个人公众号,微信有一个,微博有一个,搜狐有一个,网易也有一个,然后在上面更新他所谓的故事。点击量有限,所以也不可能有广告,阿宾唯一的收入就是打赏,每篇公众号的赏钱从0到20不等,从来没超过20块钱。这么说有点绝对了,有一次超过20的,是阿宾第一次开通打赏功能的时候,朋友们为了捧场,每人一块两块地赏了点,还有个土豪一次给了50。就是这一次,坚定了阿宾做自媒体养活自己的信心,然而从此后他再也没有超过20块的赏钱。后来阿宾才搞明白,根本不是这个土豪大方,而是他有一次聚会的时候AA制,借了阿宾50块钱。

阿宾的全部乐趣来自于公众号的有限粉丝们和他的互动。他的每一条公号,都能迎来上千的点击率和几十条回复,有的赞,有的弹,有的言不及义发广告,而每一条阿宾都会做长长的回复,对方再回复,他又回复,直到对方感到这游戏太无聊而彻底消失。阿宾回复的时候,沐浴更衣,泡好一壶便宜的铁观音,手指在键盘上齐飞,嘴角带笑,有时候甚至哈哈地大声笑出来。最开始,他父母以为他谈了一个女网友,在网恋,心生欢喜,还在吃饭的时候旁敲侧击,鼓励阿宾跟女网友见面。他父亲甚至有点不好意思地给了他500块钱,说:可以请人家吃个饭,然后……晚上不回来也行。阿宾没明白父亲的意思,还想问,父亲就把钱塞到他口袋里,低头对付一块昨天晚上剩下的大骨头。骨头上已经没有肉了,只有边角处裸露着一点白色的筋,又小又硬,父亲从开始吃饭就啃,但几乎什么也没啃下来。桌子角,家里那条瘸了一条腿的狗始终盯着父亲的动作,等着他啃完了把骨头扔给它。

阿宾说,干什么?

母亲用筷子敲敲他的碗:傻小子,这么大了,还不明白?

阿宾摇头。

母亲说,你……是不是谈了女朋友?网友?妈知道网恋虽然不靠谱,但总比不恋强,可不能再耽误,赶紧见见,合适就处,不合适就算了。

阿宾摆手,说我没谈女朋友,你们别瞎说。

父亲终于对那块骨头无能为力了,依依不舍地扔给小狗,小狗用爪子扒拉了几下,一时间不知该如何下嘴,嫌弃地看着。

父亲说,到嘴的肥肉,不能让它飞了,就算没肉,你也得把骨头从锅里捞出来看看才知道。

阿宾没有再解释,他正需要钱,因为做公众号,每个月的手机流量耗费很快,他需要钱买流量。这500块钱雪中送炭。

很快,父母就发现让他哈哈笑的根本不是女网友,好像也不能这么说,留言的里面肯定有女网友,但不是那种可以谈恋爱的网友;继而发现他就是一个混网络的初级写手。他们也和所有人一样刷手机,知道有一个叫papi酱的,甚至知道逻辑思维,人家一条广告就卖了几百万。"呀,几百万,啧啧",这种感叹常常从父母的嘴里出来。可阿宾的一篇公号文,点击率已经从上千下降到几百了。父母发现阿宾玩公众号,也纯粹是偶然。阿宾本来屏蔽了父母,但他有一条公众号内容转载率还可以,竟然被一个亲戚转了,父母就间接看到了。看到也不至于暴露,因为阿宾公众号上用的都是网名,只不过那天阿宾配了一张图片,图片是家里的那条狗正看着父亲又一次丢下的大骨头犯愁——这是确凿的证据,辅以各种蛛丝马迹,阿宾的父母终于确认了阿宾的作为。

在母亲的逼问下,阿宾坦白交代了自己做的事。父亲听了,面无表情,他已经没法有表情了,阿宾的所作所为完全超出了他对儿子的想象。他在想,就算你是个混吃等死的啃老族都行,那样至少还是安全的,怎么不务正业呢?对,就是正业,对这些已经从中年往老年走的人来说,儿子失业不可怕,可怕的就是不务正业。这种未知性导向了无数的可能性,而可能性就意味着危险。

叙事概要

父母和阿宾开始了一场漫长的谈判,在谈判达成共识之前,制裁措施已经开始,首先是断了网,其次是手机上网功能关闭,在阿宾的誓死坚持下,他各个公众号的密码没有被逼问出来,这是他最后的防线。母亲甚至找了一个学计算机的表哥来破解他的密码,试图在拿到密码后把所有的公众号注销,好在那个表哥学业不精,顶多能装个软件,杀个病毒,还不具备超级黑客的能力。

父母的撒手锏是他们动用各种关系和关系的关系,给他找了一份工作。这工作他们并不满意,但也别无他法。阿宾心里倒是窃喜,想虽然自己被封了网,但上班时还是有机会更新一下的。阿宾的这份工作,是一家门户网站的某个论坛的初级管理员,说白了就是在这个论坛里盯着,有人发反党反社会的、暴力的、色情的帖子,就上报给高级管理员,高级管理员确认后,阿宾把帖子删除。工作并不复杂,而且有某种乐趣,阿宾每天都能看到各种各样他以前没见过的东西,什么发来一张图说某某地挖出了一块大石头,石头上刻着某种预言啦,什么有人虐待猫狗的图片啦,还有一些女性的身体暴露图片啦,等等。

最开始的一个月,阿宾按照网站的规定,尽职尽责、按部就班地上报、删帖,试用期过后顺利转成了正式工。转正之后,带班的老编辑对他们的监管就松很多了,阿宾想着终于有机会来偷偷更新一下自己的公众号了。

只是阿宾一时想不好更新什么内容。他想写写自己现在的生活，或者工作，但似乎对他没有多大的吸引力，而且第一个月的工资下来后，还是很可观的，他也确实认识到只靠打赏真心赚不了几块钱。就在阿宾犹豫的时候，他负责的版块跳出了几百条帖子更新，其中的一条一下子吸引了他。这条帖子的内容是当前某个高官的八卦，这个高官上过《新闻联播》，算是很有名的那种。八卦上说他包养了十多个女大学生，贪污了上百亿。阿宾的第一反应就是上报，然后删除，因为他今天还在网站的新闻版看到过此人的新闻，适逢教师节，他正去一所高校看望师生们。很快高级编辑的指令来了，删除。就在阿宾的鼠标点击删除的一刹那，他手指鬼使神差地按了截图的快捷键，整个页面被保存了下来。

突然间，阿宾知道自己的公众号更新什么了。

就这些每天被他删掉的东西，他全部做成截图，涂掉发帖人的ID，然后再用自己的公众号发出去。第一天的内容发出去了，阿宾隐去了高官的名字，还在微信的最后设置了一个竞猜，让网友猜这个人到底是谁。

阿宾的公众号很快点击率暴涨，留言更是空前增多，经常在电视上出现的数得着的高官都被猜了个遍。阿宾一统计，仅这篇扒来的文章，他就涨了一千多个粉丝。

阿宾终于找到了用武之地，他开始极其认真地对待自己的本职工作，有时候甚至还帮其他版块的同事代班，以发现更多的素材。他的电脑硬盘里，装满了成千上万的截屏，阿宾给他们分门别类，政治、经济、娱乐、体育、其他，每一类里都有许多不符合网络规定的东西。发了一个月之后，阿宾的公众号被举报了两次，但没有被封号，他的粉丝已经到了十万。腾讯公众号的后台为每个公众号主人提供很精细的数据分析。阿宾发现，有关性的内容点击最高，但留言很少，有关政治的留言最多，如果一篇文章既有性又有政治，那一定是爆款，10万+。

阿宾再次开通的赞赏功能，这一次因为基数的增加，他微信账号里收到的钱也大幅增长，最多的一篇收到了两千块钱，快赶上他半个月的工资多了。

周六晚上，阿宾妈妈正要打开煤气灶，阿宾说妈，不做饭了。

妈妈一愣，说咋了？

咱们出去吃，我请你们吃饭。

爸爸端着茶杯从屋里出来，笑，爸爸请你，你最近工作表现不错，应该奖励你一下。

我请你们去吃羊蝎子，爸不是爱啃骨头吗。

一家三口到了离家两站路的老城一锅羊蝎子火锅,爸妈说点一个中锅就够了,阿宾坚持要一个大锅。一大锅羊蝎子热气腾腾地上来,爸爸抹了一把嘴,说:服务员,把你们的二锅头给我来一瓶,要牛栏山,不要红星啊。

父亲也给阿宾倒了一杯,阿宾以前也喝酒,但并不喜欢喝,可今天他却只喝酒,不吃东西。他看着父亲贪婪地啃着羊蝎子,把骨头缝的一点油都吸得干干净净,母亲则喜欢在锅里涮大白菜。阿宾忽然觉得他们有些可怜,也有些悲哀,倒不是因为他们一辈子没成什么大事,没赚什么大钱,没养多么争气的儿子,而是因为他发的那些万众传阅的东西,他们一辈子都看不到,他们甚至都想象不出有这样稀奇古怪的事。

阿宾有点不甘心,就假装无意地提起最近正热的,刚刚被双规的某高官,说网上传说他贪污的钱连起来能绕地球好几圈。父亲无动于衷,专心地对付一块羊蝎子里的骨髓,他把一根筷子捅进去,可那一小条细瘦的骨髓就是不出来,他对着嘴,猛吸,骨髓被他瞬间吸进了嗓子里,差点卡到。父亲憋得满脸通红,赶紧喝水,咽了下去,但表情里带着满足的遗憾,满足是他终于把骨髓咽下去了,遗憾则在于他还没来得及品尝到味道。

也就是说,他贪污的钱换成羊蝎子和二锅头,一锅接一锅连起来，能绕地球好几圈。阿宾又解释了一遍。

父亲这一次懂了，立刻呆住：这得多少骨头啊。

母亲说，阿宾，你不要讲这些事呀，跟我们没有关系的。再说网上的事情，都是胡说的，根本就是假的。

阿宾说，有假的，可也有真的。

母亲说，分不清，我都不敢信的。

父亲这一顿吃得很满足，临走，他还把自己啃得干干净净的骨头打了一包，说回去给狗吃。母亲说，你比狗啃得还干净，它有什么可吃的。父亲说，没肉了，可肉味还在，让它尝尝肉味也好。

这顿饭过后的第二天晚上，阿宾在自己代班的教育版块看到了那个故事，那个并没有敏感内容，但很让他触动的故事。他把整个帖子截屏，发在了当天的公众号上，还给它起了个标题：伪装者。因为刚好娱乐版块的人正在聊这部去年大热的电视剧。

2

伪装者

子乌

我现在有大多数人梦想的一切,车子房子存款,老婆孩子事业。

可是我越来越感到虚妄,越来越觉得一切都像一场想醒醒不过来的梦。我做了二十年梦了,只是到了去年冬天那次高中毕业二十周年聚会,才猛然发现自己在做梦。

好吧,必须现在就把这个故事最核心的部分说出来,否则我没法说清楚这件事。我一说,你们就会觉得也没多新鲜,而且很快会开始骂我。我是一个高考冒名顶替者,或者说,我是用别人的名字上的大学,而那个本该上大学的人躺在家里,成了植物人。新闻里都有,是吧。

二十年前,我的父亲在当地是很有权势的人,我的成绩不好,但他早早给我做好了规划。他买通了派出所和高中老师,提前给我准备了和这个人同名的一份学籍档案、户口本,高考过后,这份档案被招考的老师提走,不久我拿到了一所重点大学的录取通知书。

他当然落榜,但这也不是什么大事,他准备再复读一年,考一个更好的大学。只是他父亲突发重病,家里无力给他出8000多块的复读费,只能就此辍学在家。我曾想让父亲给他出这笔钱,但父亲没同意,说这样可能会暴露的。我用他的名字念完了大学,找到了不错的工作,然后很快就到公安局把名字改回了原名。这之后,我们举家搬迁,和那个地方再没有直接联系。

这时候,当年那个帮我们办事的老师,临死前良心发现,把这件事告诉了他。他听了之后,差点疯掉,他开始不停地上访,想揭发这件事,并证明自己才是当年应该上大学的人。在县里没有结果,他就去市里;市里没有结果,他就去省里;然后是北京,如此十年,他已经成了一个老上访户,县里的上访办一次又一次在半路、在北京把他截回去。前年,上访办的人又一次带着他坐火车回来,半路上他开车窗跳火车逃走,却不想摔坏了脊椎,成了植物人。后来经过治疗,人有了一点意识,但却是痴傻的意识。

好了,我不是作家,大致就是这么个情况,你们应该看明白了。

这些年,我不是没有过自我谴责,但都是很快就找理由劝说自己放下,能咋办呢,我不可能回到过去。我想过很多次,自己有了能力,回去回报一下这个人。可后来我听说他一直在上访,又不敢了,我害怕现在有的一切都消失。我个人可以承受,可我的儿子、妻子怎么办?人都是自私的,真的,都是,只不过自私的程度不同罢了。

我也不是没有报应,我的父亲和母亲,都得了食道癌死了,死之前啥东西都吃不了,痛苦至极。哦,不对,我父亲不能说是癌症死的,他是因为忍受不了痛苦而自杀的。他死之前跟我说,这辈子他干了很多坏事,最坏的一件事就是这个,这是他的报应,但他觉得值,他让我好好活着。你要知道,你是在过别人的生活,他说,这是我拿命换来的,是我欠他,你不欠。

我最痛恨的就是这句话,如果没有这句话,我还能继续骗自己,继续假装这一切至少有一部分是我自己努力所得。可是他临死前的这句话,像一枚针埋在我的血管里,四处游走,扎我。从那天起,我再也不能过正常的生活了,所以他们打电话让我去参加同学会时,我才会答应。自从上了大学,我再也没见过任何高中的同学。

我从没跟妻子说过这事,她虽然也奇怪我为什么要改名字。我只说，有一个算命的人告诉我，要改一个名字中带有宝盖的，这样能保佑一家人平安，她就没再追问。她劝我去参加这次同学聚会，甚至还想跟我一起去，她说我太宅了，应该出去走走。幸好儿子要去上海参加一个钢琴比赛，她得跟着，要不然我真不知该怎么办好。

老家的变化还是挺大的，当年的一个小镇，现在看起来像一个小城了，有了漂亮的大楼和汽车站，各种饭馆鳞次栉比，这么北方的城市，也到处是沙县小吃和云南过桥米线了。我们的同学聚会在镇子上最好的酒楼里，号称四星级，但装修豪华到很多大城市的五星酒店都自惭形秽。同学会是我们班当时的副班长铁雄组织的，他承包了一个矿山，赚了太多钱，无聊，就想着出钱办同学会，还把聚会的日期选在了自己生日这天。这孙子当年就坏，贪污班级买联欢会水果瓜子的钱。

这些年，我在他们心里像一个消失的人，我的出现所有人都有些意外，但是很快大家都陷入了回忆之中。我们说起当年的许多事情，半夜偷着跑出去看露天电影，把饭票拿去换面包，等等，当然更多的是聊各自的近况，有发财的，有离婚的，有三婚的，有得重病的。

那天晚上大家喝了很多酒，散的时候已经凌晨三点了，我一直控制着，可最后还是醉倒在桌子底下。迷迷糊糊的，我被一个同学扶到了房间，倒在床上就睡着了。口渴醒过来，天已经亮了，发现屋子里灯还亮着，那个同学——铁雄竟然还在这里，他在抽烟，地上一堆烟蒂，他好像一点也没睡。

我有点不好意思，说抱歉啊兄弟，赶紧回去休息吧，我没事了。

他把烟头摁灭，说：家和，有件事，我得告诉你。

什么事？

赵家成。

我心里一惊，浑身出了细细的汗，这个名字我有多久没有听到过了。这就是我大学时用的名字，而我的原名是赵家和，只有一字之差。

老铁，你什么意思？

老铁不知从哪儿弄出一瓶酒来，可能是酒局剩下的，他拿了回来。老铁猛喝了一口，站起身，说跟我走。

我不知所措，被他拽着就出了酒店，虽然他还是醉醺醺的，可坚持开着车上路。

我被带到了镇子上的康乐中心。

天空下起了小雨，阴沉沉的，空气中充满了湿润而微微转凉的气体,让人感到闷热,似乎也有一丝凉爽。

康乐中心在镇子最北面,四栋八层的楼,我们进了B座。大门口,有两个老头各坐在一把椅子上,眵目糊挡住了他们的视线。刚一进楼,就有一股腐朽的混杂着厕所的味道涌进鼻腔,我差一点吐出来。

我们上了三楼的一个房间,房间里有三张床,靠窗子的那张床上,躺着一个人。虽然他几乎已经面目全非,但我还是一下认出来了,他就是赵家成,我无数次梦见的人。我梦见的永远都是他少年时的样子,他只是哭,无声地哭,看着我。虽然他什么都不做,可这是我最恐怖的噩梦,我经常尖叫着从这个梦里醒来。老婆为此还带着我去看心理医生,只是在心理医生那里,我依然没有说出这件事。

老铁坐在床边上,说,家成,家和来了,你要找的人来了。

我凑过去,想说什么,可说不出来。老铁突然抓住我的手腕,他不知从哪里摸出一副手铐来,把我铐在了赵家成的床栏杆上。我吓了一跳,老铁你干什么?

老铁说,家和,我只能这样。你大概听说过家成的事吧?你不可能不知道,但你可能不知道当年是谁把他从北京截访回来的,是我。我当时在镇民信访局当小副科,他们知道我跟家成是高中同学,就让我去北京把他弄回来。在回来的火车上,他跳了下去,然后成了这样。

老铁说,你得好好跟他聊聊。

老铁说完就走了,我想喊,可没出声,我喊也没用,而且,似乎我也不应该喊。

房间里还有俩老头,一个靠门口,一个靠对面墙,他们都躺在床上,偶尔睁一下眼睛,对屋子里的事毫不关心。我突然闻到一种新鲜的臭味,肯定是有人大便了,是门口的那个。他并没起床,床中间臀部的位置挖了一个洞,下面放着一个便盆,一坨半稀不稀的大便落在盆子里,发出一声恐怖的声响。一阵反胃,加上没有醒过来的酒,我一张嘴,在面前吐了一堆秽物。

赵家成还是那块木头,毫无所动。因为被铐着,我坐不下也站不起来,只能蹲在床边。我想跟赵家成说点什么,可又不知道说什么,有那么一会儿,我想我宁愿跟他换换位置。迷迷糊糊,我竟然又睡着了,梦见赵家成看着我无声地哭。突然醒过来,发现自己有一只手竟然握着赵家成的手,我惊恐地放开,看向这具活死人。他还是毫无反应。

屋子里的臭味变得淡了,但并没有人来收拾,可能是我已经适应了这种味道。

叙事概要

老铁让我跟他聊聊，说实话，我有挺多话想跟他说说的，主要是对不起，确实对不起，我完全没想到他因为这件事成了植物人，谁会想到呢？我只是用了他的名字而已，我没有想过用他的全部生命。但我一个字也没说出来，因为这突然变得挺无聊的，尤其是宿醉的头痛得厉害，哪怕面对着这样一个悲惨的人，我竟然也什么都不想说。我很惭愧，不知道自己怎么就变得这么冷漠了。在这次见赵家成之前，我被噩梦折磨了这么多年，可见到他我并没有多少悔恨。我甚至自问，如果重来一次，我还会不会这么干？答案让我一惊，我还会这么干的，不这么干，我现在的一切都不会有，钱，家庭，地位。

好吧，我承认自己挺操蛋的。我看了看手机，有好几个未接电话，都是我老婆打来的。我想起来了，自从回到镇子上，还没跟她们娘俩联系过。我给老婆拨了过去，告诉她挺好，没事，就是跟同学喝多了。

我不知道老铁什么时候来，我担心他把我忘了，大便的臭味已经被我的呕吐物遮蔽住了，可呕吐物的味道更难闻，加上还没醒的酒，我又吐起来，新的呕吐物又增加了难闻的气味，这似乎已经成了无限循环了。到最后，我已经吐光了胃里的东西，开始吐胆汁了。当口腔里感觉到那一股苦味的时候，我竟然觉得舒服了些，这时候，我才发现赵家成的手里攥着一把钥匙。他还是那副样子,像块木头。我去拿那枚钥匙,赵家成突然嘿嘿一笑,手一抖,钥匙掉进了我吐出来的那堆秽物中。他又回到了麻木的状态。

我只能把能自由活动的手伸进秽物里去摸钥匙,那种滑腻腻的感觉一出现,我的胃部又忍不住痉挛,又一口胆汁涌上来。我终于拿出了那枚钥匙,把它伸进手铐的孔里,一扭,手铐咔嗒一声开了。哦,原来老铁走的时候把钥匙留下了,我竟然一直都没看见,如果赵家成把它吞进肚子里,或者丢在床下,我就永远都走不掉了。

我起身,找了笤帚和垃圾桶,把那堆呕吐物清理了,我还帮门口那位把便盆里的大便倒掉。

临走前,我看了看赵家成,想说点什么,还是没说出来。

走出康乐中心,我直奔车站,买了一张最早的车票回到城里,我想我再也不会回去了。

3

《伪装者》竟然成了爆款,这个故事在一周之内点击量10万+,成了阿宾公众号里点击量最高的帖子。不过大家都说这是个编出来的故事,阿宾不管这些,他继续从网站上改头换面地搬运故事到他的公众号。一个月后,阿宾的公众号被腾讯封了。

但这时候,阿宾已经看多了各种奇怪的故事,真真假假,虚虚实实,他忽然对自己的生活感到了厌倦。也不是对生活感到厌倦,就是突然发现其实自己挺无聊的,憋着劲想干点什么,这种想法简直是一种愚蠢。他跟父母聊了聊,说自己想结婚了,如果有合适的人选,他愿意去相亲。父亲和母亲听了,又惊又喜又不太相信,母亲立马给他张罗。阿宾一积极,母亲却挑拣起来,这样的不行,那样的也不行,到最后只剩下三个人选。

阿宾挨个见了两个,都还行,互有好感,但好感又没多到足以马上要谈谈的意思,双方都想把彼此当备胎的那种。母亲说别急,还有第三个,都见了之后整体比较、综合判断，阿宾点头称是。他渐渐觉得，母亲说的话都十分有道理，按照母亲的方式生活，一切都变得程序复杂而结果简单。

周六的晚上，是见第三个相亲对象的时间，因为这个姑娘是父亲的一个老同事的女儿，而父亲和这个老同事关系还行，所以两家商量了，改一改男女两个人互相了解的形式，变成两家人一起吃晚饭。母亲说这也挺好，可以互相了解彼此的家庭，更有利于判断。

地点定在小区附近的一个湘菜馆，据说女孩挺能吃辣的。阿宾一家早早到了，父亲还专门拎了一瓶藏了二十年的二锅头，准备跟老同事喝一盅。没想到来的不是三个人，而是六个人，除了女孩和她父母，还有她姐姐、姐夫跟他们的女儿。小女孩九岁，上小学四年级，聪明伶俐。

相亲的姑娘叫罗莉莉，阿宾自然跟她挨着坐，她确实挺能吃辣的，水煮鱼、麻婆豆腐、小炒肉，每一样都不少吃。罗莉莉在一个移动公司的营业厅当营业员，工资中等，个头中等，相貌中等，性格似乎也是中等，不温不火，不急不躁，就是那种一切指标都刚好中等的人。母亲对罗莉莉挺满意的，罗莉莉父母对阿宾也还满意，两方家长聊着聊着就要聊到结婚了。

就在气氛融洽到不能再融洽时，小女孩——雨景，好像叫这个，却号啕大哭起来。原因是她想吃拔丝红薯，但她爸爸不让她吃，说她已经有了好几颗蛀牙，不能再吃甜的了。小女孩的哭声把一切打断，大人们七嘴八舌，老人们都说吃一点，就吃一点，没事，但孩子爸爸和妈妈坚持不让吃。阿宾忽然想起来，刚进门的时候看见饭店门口有一个摇摇车，是那种喜羊羊或灰太狼模样，投币之后能摇摇晃晃带音乐的。阿宾说，雨景，叔叔带你去玩摇摇车好不好？罗莉莉很识趣，说小姨跟你们一起去。

三个人就去门口，阿宾花了十块钱，买了五个币，投进去一个，摇摇车晃起来，音乐是小苹果：你是我的小呀小苹果……雨景还是板着脸，但坐了上去，跟着节奏晃动着身体。罗莉莉突然龇了下牙，好像身上哪儿疼了一下，红着脸说：我去趟洗手间。就匆匆走了。

门口的灯光有点昏暗，但还能看得清彼此的脸，现在就剩下阿宾和雨景了，阿宾有点不知所措，他还是第一次跟这么小的孩子单独相处，还是一个刚认识的孩子。阿宾没什么可说的，只能跟着音乐哼《小苹果》，摇摇车停了，阿宾还要投币进去，雨景却说叔叔，我不玩了。阿宾说玩一会吧。雨景放低了声音，说叔叔帮帮我，救救我。

阿宾吓了一跳，什么？

雨景说，你救救我吧，叔叔，我要被他们打死了。

谁打你？阿宾有点害怕地问。

雨景突然眼泪要涌出来，她咬着嘴唇，楚楚可怜：我爸爸，他打我，打得我好疼啊。

阿宾一听，扑哧笑了，你爸爸怎么会打你，净瞎说。

雨景的眼泪就掉了下来，说真的，不信你看。她挽起袖子，胳膊上青一块紫一块，真像被人打的。阿宾的心急速地跳起来，这是怎么回事？

雨景说，我爸爸打的。

他喝多了打的？

雨景摇头，说不是，就下午的时候，他……

那你妈妈知道吗？

雨景说，不知道，我不敢告诉妈妈，我如果告诉妈妈，她们就会吵架，然后就会离婚，离婚了我妈妈就会死的。

阿宾感到有点口干舌燥，他看了看饭店里面，罗莉莉还没回来。干吗去了，上个厕所这么长时间。

你带我逃走吧叔叔，我兜里有八百块压岁钱。雨景从摇摇车上下来了，伸手拉着他的衣角，有那么一瞬间，阿宾都要答应她了。他想起了自己在网上看到的一个故事，一个父亲家暴自己的老婆孩子，把她们都打进了医院。警察来了之后，只是劝了劝，并没有把这个家伙抓进监狱，因为这是家务事。

逃到哪里都可以,雨景说,只要不挨打就行。

我带你去找警察,阿宾说,他虽然不觉得警察能解决这个问题,可最后也只想到这句话。我带你去找警察,如果你爸爸打了你,警察可以抓他。我没法带你逃走,这不可能,我们也逃不了,他们很快会找到我们的。

雨景听了,似乎极其失望,她伸手要了一个币,投到摇摇车里,摇摇车又摇晃和叫嚷起来。雨景说,如果我能变成灰太狼就好了,我就可以把爸爸吃掉。

那么,你爸爸为什么会打你?

他……说我不是他的亲生女儿,是妈妈和另外一个人生的,他恨我。

这……这是真的吗?

我不知道,可能吧。如果是亲爸爸,应该不会打我的,你如果有个女儿,你舍得打她吗?

当然不会,我怎么可能打自己的女儿。

我如果留在这个家里,总有一天会被打死的。考试考得差了,他会打我;回家晚了,他会打我;吃饭掉了饭粒,他打我;看电视多看了一分钟,他打我;洗碗没有洗干净,他打我;早晨起床晚了,他也打我……

阿宾掏出了手机,说:我叫警察,让警察来帮你。他的手竟然有些颤抖，他担心雨景的父母就快出来了。

他刚要把110拨出去，罗莉莉回来了。罗莉莉不是从饭店里来的，而是从对面的一个商店里。阿宾放下电话，想问下罗莉莉雨景的事，可罗莉莉急匆匆的，并没有给他说话的机会，就进了饭店里。

阿宾觉得这一家人都怪里怪气的。

他看向雨景，小女孩又坐在摇摇车上，正看着她。

他忽然想，算了不管他了，带着雨景逃走吧，不管去哪儿，离开她父亲就好。

他上去拉住雨景的手，说，走，我带你走。

雨景从摇摇车上下来，问：真的吗？你想好了吗？

阿宾郑重地点点头。

这时候两家人说说笑笑地从饭店里出来，罗莉莉也在其中。

阿宾说快走，要不然走不了了。

雨景并没有跟着他走，他们很快走了过来，他们走不掉了。

阿宾冷冷地看着雨景的父母。爸爸抱起了雨景，两家人沿着马路走。

阿宾终于忍不住，对着雨景的父亲说：禽兽。

她父亲　愣：什么？

阿宾说，你是禽兽，你打自己的女儿，你禽兽不如。

她父亲突然哈哈大笑，继而她母亲也笑了，然后是她姥姥姥爷，都笑起来，连罗莉莉都笑了。

阿宾愤怒了，你们还笑，你们一家人都不是人。

雨景父亲止住笑，严肃地对雨景说：雨景，你是不是又逗别人了？

雨景也笑起来。

阿宾彻底愣住。

雨景父亲说，抱歉阿宾，雨景肯定跟你说我整天打她，还说她不是我的亲生女儿什么的，这都是她编的，你已经是第五个被她的故事骗到的人了，她从小就喜欢编这些话。

不，我明明看到她胳膊上有伤。

雨景妈妈抓住雨景的胳膊，把袖子挽上去，冲罗莉莉说：纸巾。罗莉莉从自己的包里掏出湿纸巾，扯了一张递给她，她用湿纸巾一擦，那些青紫就都消失了。

阿宾现在知道，自己被这个小姑娘给耍了，彻底给耍了。一瞬间，他分不清眼前的世界是真的还是假的，只是觉得置身在云层之中，失去了地球的引力，飘飘荡荡。

他疯了似的跑开，脚步踉跄，任凭父母和罗莉莉在后面喊也全然不顾，跑向了茫茫夜色。

名著概要

叙事概要

在2014年世界汉学大会上,有一个名字让中国的学者和文学爱好者们激动不已,他们万分热爱、千分期盼的世界级作家、汉学家艾龙永终于第一次来到这个古老的东方古国。据说,作为在文学界和汉学界都数得着的顶级大腕,艾龙永还从来没有离开过自己生活的美国小城,以至于有中国学者评价说,艾龙永是在暗中向伟大的德国先贤康德致敬——因为他也从来没离开过自己生活的哥特斯堡。这种说法有人认同有人反对,认同者以为大师嘛,总有些与人不同之处;反对者则说其实艾龙永是一个残疾人,他不想别人知道这一点,所以从来不公开露面。在这个媒体如此发达的时代,连张照片都没有,确实隐藏得够深。无论艾龙永先生的生活半径有多大,但他的名声却的确超越了他的所在地,特别是在东半球这个文明古国更是大名鼎鼎。据不完全统计,有关他和他作品的博士论文,现在通过答辩的已经有七部了,还没有算上正在写和延迟答辩的几位博士生。

但正如人们无法相信宇宙的开端是"无",而一定要

名著概要

找出一个可理解的开端,比如所谓的奇点,这个含有无限能量的点发生了爆炸,然后才产生了宇宙一样(据说爆炸过程到现在还没有停止,而且也无法计算什么时候停止),艾龙永成为文化名人当然也要有这么一个奇点。幸运的是,艾龙永先生的寿命和事迹不像宇宙发生学那样难以测量,他再伟大,也终究是生活在地球上的一个凡人。我们能够轻松查到,十年前,中国学术界——我的意思是不论是翻译界、外国文学界,还是汉学界——还完全不知道存在艾龙永这么一个人,更不知道他有关文学的伟大成就。他的核爆炸级的名声仅仅是这十年建立起来的,这的确有些匪夷所思。当然,人们也不会太过大惊小怪,现在这个时代,任何一个人突然爆得大名都是符合逻辑的。话虽如此,我们还是得尽量追根溯源,好好回顾一下艾龙永先生的发家史。为了做好这一点,我会把你们带进有关一部著名小说的几个谜团和相关答案之中。

十年前,刚从国外回来的三十五岁的米斯郑先生,把一部叫《失魂国度》的小说译稿交到了中国最大的出版社第二编辑室实习编辑刘十三手里。米斯郑原名郑水恒,但喝了几年洋墨水之后,逢人便自我介绍叫米斯郑,讲话也有国际范了,伦敦腔,美国音,偶尔还夹杂着几句法语。

叙事概要

米斯郑和刘十三在一家成都小吃店见面。两人坐在靠门的桌子旁,米斯郑从黑色皮包里慎重地掏出一沓手稿,郑重地放在满是油渍的桌上,说:"小刘,我们即将见证历史、创造历史。"小刘——刘十三,实习一年了,刚转正不久,正面临着工作量提升的任务压力。在他们社是这样的:实习期跟着师父,熟悉出书的所有流程,但一旦转正,就必须自己找选题,独立承担码洋任务。这一段,刘十三非常努力地做了三个选题,但在选题会的第一轮就被毙掉,他已经走投无路。或者说,如果这个月再没有选题通过,他这半年一分钱奖金也拿不到,甚至还会被转岗到校对部门或印制部门。因此,刘十三在接到米斯郑那个听起来完全不靠谱的电话时,并没有立即挂掉,而是带着口袋里仅有的两百块钱来到成都小吃。

刘十三打量着眼前的中年人,看着他焗黄的头发,听着他夹杂着外语的普通话,心里充满了尴尬的敬仰:这个人不但是个海龟,还是个翻译家。刘十三很谨慎地询问了米斯郑的留学经历,虽然他对米斯郑多种语言混杂的介绍大部分都似懂非懂,但他还是听出来,这个假洋鬼子确实跑了很多地方,在很多学校做过兼职讲师什么的,甚至获过几个国外的民间奖。

他们小心翼翼地聊到了桌子上的书稿,就好像他们并不是为了它而来。米斯郑告诉刘十三，这是一部在国外被认为是最重要作品那一级别的小说，它的作者是个隐姓埋名的隐士，这部小说的前三章曾在杂志上发表，引起了美国文学界的轩然大波，但不知为何，作者并没有继续发表剩余的部分。

"这是美国当代文学史最大的谜团，"米斯郑说，"有很多评论家甚至认为，这部作品是美国在世的最有名的作家集体创作的，也就是他们十几个人都把自己最珍贵的灵感拿出来，然后争论、碰撞、融合，最后形成了这样一部奇作。"

刘十三的脸上惊现出怀疑的表情：这怎么可能？

米斯郑已经把一碗担担面吃得精光，抹着嘴巴说："你怀疑得没错，这完全不可能，知道为什么吗？"他问了话，但不等刘十三回答，就接着说，"因为，我找到了它的真正作者，一个天才作家，一个默默无闻的作家。他隐居在一个小城里，独居，每天除了工作就是回到家里写作，有点像卡夫卡，他写成了一部长篇，伟大的长篇。他曾经把作品的前三章寄给一位有名的作家看，那位作家回信给他，说这样的东西，还是不要再继续写下去了，我们的时代根本不需要这样的小说。这个无名作家心灰意冷。但是，那位著名作家的助手在他的办公室看到小说的前三章，以为是他写的，就拿去给著名文学杂志的编辑看。编辑们觉得，既然是大作家的稿子，不管怎么样，也一定要发表，于是就发表了前三章。没有人预料到，这前三章在文学界引发了热烈追捧，这位著名作家几次想说明情况，但又实在不想否认他曾认为狗屁不是的作品，现在却成了经典的小说不是自己写的。凭借这三章小说，他重新回到了文学一线阵营。他对此事唯一的表态就是：这部小说到此为止，他再也不会继续写下去了。事实上，他曾试图沿着前三章把小说写下去，但却发现自己一个字也接不上，很快在愤怒的懊恼中郁郁而终。而那个真正的作者，并不知道自己的三章作品引起了多大的反响，他一直以为自己的小说就是一堆狗屎，从此放弃了写作。很幸运，可以说是天意使然，我看到过报道，又机缘巧合地听到了这件事的内幕，然后开始不断寻找这位作者。皇天不负苦心人，终于让我找到了。可惜，Alan先生竟然是个半身瘫痪的人。他苦苦哀求我说，如果有机会，他希望这部书在遥远的中国出版，而不是美国，他觉得美国文学界不配拥有这部作品。我答应了他，花了三年时间，用最大的心力翻译了书稿。我找了你。"

"那么说，"刘十三道，"我姑且相信你说的话，有这样一个天才作者，有这样一部惊世骇俗的作品，又怎么样呢?"

"我们在创造历史。"米斯郑说,"我已经把这部译稿翻译成了中文,实话说,三年,我花了整整三年时间才翻译好,我们可以推出中文版,让世界震惊,让美国人后悔去吧。"

"那么,你为什么不告诉Alan先生真相,让他把剩下的也发表出来?"刘十三心里还是觉得这个事情不太靠谱。

米斯郑大概是说了一大段话,有些口渴了,因为他大声叫着服务员给他端杯白水。他喝了两杯白水,摇着头说:"不,这已经不可能了,美国社会的发展太快了,他的作品再拿出来,已经不可能有当年的影响了,而且他根本没有办法证明这是自己写的,现在美国人还认为是那个大作家写的呢。你不知道,这部小说在中国出版,正是恰逢其时,它一定能在中国引起轰动,这是千载难逢的机会。"

"我还是有点怀疑,这么好的东西,你怎么不去找那些大牌编辑,找我这样一个实习编辑干吗?"

米斯郑忧心忡忡地说:"坦白讲,我不是没有考虑过。但我已经不再相信他们了,回国后,我花了大量的时间来阅读国内的文学期刊和出版社的文学作品,我很担忧,你知道,一个时代的文学水平通常不是由这个时代的作家决定的,而是这个时代的编辑所决定的。他们的口味决定着文学的味道,他们的喜好决定了读者会读到什么样的小说。我希望找一个没有被那些传统的惯性所渗透的人,一个新编辑,只有这样的人,才能做好这部书。"

刘十三犹豫了一下,叫服务员把账算了,拿起稿子:"我回去看看,再给你回电话,行吧?"他不确定自己四十二块五毛钱的投资,到底能不能收回成本。

米斯郑点了点头,说:"好,我相信我们还会再见面的,伟大的作品就像珍宝,总会发出光芒。"

那份有些破旧的稿子上,没有写作者的名字,只写了译者郑水恒。从稿子磨损的程度和上面花乱的改动看,译者确实花了不小的功夫来翻译。刘十三熬了一夜通读了一遍,他不得不承认,这的确是一个震撼人心的故事,但他同时也发现,这本书的翻译简直糟透了,语法混乱,逻辑不通,用词不当,比比皆是,就好像一个漂亮的姑娘,穿了一身破破烂烂的衣裳,还随意涂脂抹粉,掩盖了本来的国色天香。刘十三有些拿不定主意,到底该不该做这本书,从现实的情况看,他这个月已经不可能找到其他选题了,而这部小说确实有着极好的故事,但……翻译……实在……刘十三大学时学的外语是俄语,又对英语一窍不通,没有能力对照原稿来校正译文,何况米斯郑也没有给他原稿。

可这真是一个好故事,刘十三想,这一点米斯郑没有撒谎,一个堪称伟大的故事。

第二天中午下楼吃午饭的时候,刘十三碰到了第一编辑室的同事胡新华,她背着一大包东西,正离开出版社。胡新华看着他,几乎哭出来:"小刘,再见了。"刘十三愣在那里,他早就听说胡新华因为半年没有选题通过,又不想去做校对,要辞职了,没想到是真的。刘十三看着胡新华从出版社大门走出去,突然间骂了一句:"要死屌朝上,不死又一年,妈的,撑死胆大的,饿死胆小的。"刘十三没有吃午饭,回去之后迅速赶制了一份选题报告。他准备孤注一掷,想到了解决译文的办法。

三个月后,这部名叫《失魂国度》的小说出版了。这部书一经推出,就开始了神奇的畅销旅程,很快就卖了十几万册。

刘十三成功了。

米斯郑也成功了。

出书仅一个月后,《失魂国度》作品研讨会在北京召开。这是几十年来第一次,一部翻译作品出版一个月后就

叙事概要

召开研讨会，与会者囊括了中国学术界七成以上的大腕。《失魂国度》在中国形成了一个巨大的文化事件，世纪末之后人们对文学衰落、中国文学将向何处去等问题都纠缠在了这个事件中，很多人试图通过这部书找到答案。批评家高梦泽发文指出："《失魂国度》向我们宣告，自马尔克斯的《百年孤独》之后又一次文学革命到来了，而且这个革命不是一国一地，是全球化的。《失魂国度》从多个层面上拓展了文学的可能性，它为接下来五十年的文学发展打开了入口……"高梦泽的这篇数万字的长文一经推出，就被很多网站和文学期刊争相转载，接下来有关《失魂国度》的评论就铺天盖地了。

不出意外，美国学界也注意到了这个事件。他们很惊奇自己国家的伟大作品竟然会在中国开出第一朵绚丽的花，他们紧急去挖掘这部书的历史，去寻找原作者。但奇怪的是，他们并没有找到郑水恒所说的前三章发表的痕迹，也没有人找到这本书的作者Alan。可是，为了赶上这股潮流，美国出版方从号称掌握着《失魂国度》全版权的米斯郑那里购买了英文版，又花重金聘请米斯郑亲自翻译成英文。因为据他说，在他完成译稿之后，一次小型火灾烧掉了英文原稿。这个世界上，没有人比他更熟悉这部书了。

然而，米斯郑开始翻译后不久，却发现了问题。自从接下了把《失魂国度》还原为英文版的活，米斯郑才认认真真地读这本书，他读完之后大为愤怒，因为这本书和他的翻译稿比起来，已经面目全非，或者说，整部书不但有了词语的改动，句子的调整，甚至还有新的情节加进来，超过三分之一的内容是原来没有的。

米斯郑找到刘十三质问这个问题。刘十三告诉他，他的翻译稿根本就不忍卒读，是完全失败的，如果用他的翻译稿，根本就不可能出版，他是在不得已的情况下，对译稿做了合理的编辑加工。米斯郑自然否认，在他看来，这本书本来还应该获得更大的声誉，但编辑越权改动破坏了这一点。两人最终对簿公堂。

在法庭上，米斯郑举例说："法官大人，我的原文译稿中有这样一段：艾米莉回家的路上，看见农民正在收割庄稼，秋天也跟着来了。艾米莉想到自己这次进城一无所获，不免悲伤。

"可是这段话在中文版里却成了这样的：艾米莉从市里回来，把秋天也带来了，她所经过的地方庄稼都纷纷成熟，但看着一望无际的玉米地，艾米莉丝毫没有欣喜。是的，她是悲伤的，城里所发生的一切都让她感到悲伤，不仅仅是爱情，不仅仅是爱的无望。"

米斯郑说:"这根本就不是编辑加工,这完全是篡改,是破坏。还有,我译稿中的主人公只有三个,但书里却变成了五个,更别提很多情节上的改动了,他这是在强奸文学。"

刘十三冷笑着看着米斯郑。

法官说:"郑先生,你能否提供译文原稿,以供我们对证?"

米斯郑愤怒地说:"译文原稿我给了刘十三,我哪里还有译稿?"

法官:"刘十三先生,你能否提供译文稿件?"

刘十三:"抱歉,法官大人,译文稿件我用邮件寄给了郑先生。"

米斯郑:"你胡说,你撒谎,你根本没有寄。"

刘十三扬了扬手里的快递底单:"这张单子可以证明我寄了,要么是你收到了却说没收到,要么是快递公司寄丢了,这和我没关系。"

法官:"那么,英文原稿呢?"

米斯郑:"如果有英文原稿,我还把它再翻译成英文干吗?"

刘十三:"哼,郑先生,你指责我改了你的译稿,你自己心里清楚得很,你的翻译对原文的改动又有多少。"

法官:"很遗憾,没有足够的证据,我们不能判刘十三篡改你的稿件。"

米斯郑绝望地坐到了椅子上,现在他因为没法交给美国出版社英文翻译稿,必须赔人家一大笔违约金了。

这件案子引起的连锁效应还在发酵。好事的记者们开始挖掘刘十三的相关新闻,人们惊奇地发现,这个刘十三,大学时曾经是文学社的社长,也发表过几篇还说得过去的小说。有一个记者采访到了他大学时最好的朋友孙冰,据孙冰说,刘十三确实有点文学天赋,他从大学开始就在写一部长篇,他看过其中的几个章节。

"坦白说,我这个人对文学一窍不通,我完全看不出好坏来。"孙冰说。

记者问:"那你还记得他写了什么吗?"

孙冰摇摇头:"这么多年了,我哪儿记得呀。"

记者并不死心,拿出了《失魂国度》这本书,让孙冰仔仔细细看了一遍,问:"和你看到的刘十三的作品,有相似的地方没有?"

孙冰陷入了困惑里:"好像有,可又好像没有,我真说不清。"

记者从孙冰的困惑里看到了希望,她终于又打听到,

叙事概要

刘十三曾经拿着这部小说向一个中型出版社投稿,出版社没有出版,但当时的编辑曾经认真地写了审稿意见。

记者找到了当时的编辑,老先生已经退休了。经过和老先生的一番仔细核对,记者确认,《失魂国度》里的确有着刘十三那部小说的浓厚影子,他写了一篇题为《世界名作作者之谜》的文章,发表在报纸上,直接把这个谜团推向了更复杂的境地。这篇文章向还不了解内情的读者介绍,到现在为止,《失魂国度》这部小说大概出现了四个可能的作者:那个美国著名作家、那个美国无名作家、译者米斯郑和编辑刘十三。也就是说,他们四个中的每个人,都参与了这部小说的创造。

这篇文章自然引起了轩然大波,也给读者造成了一定程度上的困惑,他们无法确定,自己读的究竟是一部翻译作品,还是一部原创作品,又或者是一部翻译加原创的作品。当然,很多唯目的论的批评家和读者也看得很开,他们觉得只要小说好看,管他是谁写的呢?

但这还没完。

就在这篇文章发表后的一周,报社的编辑接到了一封读者来信。为了讲述方便,我们不妨抄录一下这封信,信是这么写的:

尊敬的编辑,您好。

希望您会认真对待这封信。我是一个读者,也是一个文学爱好者,这段时间以来,我密切地关注着《失魂国度》这本书的种种新闻,或者说种种闹剧。看到贵刊前几日的文章《世界名作作者之谜》,文章认为编辑刘十三可能根据自己的作品窜改了原来的译稿,我并不认同,因为我找到了其他证据。我说了,我是个文学爱好者,但在我看来,我们的文学早就出问题了,中国的白话文最好的就是五四和民国时期,49年以后是一代不如一代了。因此,退休后,我常年泡在国家图书馆里翻看老期刊,所有能看到的民国文学,我都看过。我可以确定,这本书的主要故事曾出现在1908年的一期刊物里,具体名字我记不清了,但我记得那个故事,因为印象太深刻了。我读到时曾经极为惊叹,在近一百年前,竟然会有中国作家写出如此精彩的故事,不亚于世界上的任何一部小说。作者当然也是个无名之辈。我是在国家图书馆看到的,似乎是微缩胶卷,不允许复印,那天,我的笔也出了点问题,因此也没有抄录其中的段落。但我敢发誓,我确实看到了那样一篇小说,虽然只是个中篇。我在通读了《失魂国度》几遍之后,更加确定我的判断:这部小说在构思上基本抄袭了我看到的那篇民国小说,我说不好是原作者抄的,还是译者翻译时抄的,还是编辑窜改时抄的,总之,这部小说的故事根本不是一个外国故事,而是一个地地道道的中国故事。

……………

编辑把这封信刊登了出来,很多现代文学专家被引诱着重新跑到国家图书馆去找这篇小说。那几天,国图的微缩胶卷阅览室总是人满为患,大家都想第一个找到这篇小说,这完全是研究上的一大突破。很可惜,没人找到这篇小说。

尽管出现了种种匪夷所思的情况,《失魂国度》的销量还在不断攀升,有意思的是这些罗生门般的故事,非但没有减低它的文学价值,反而让整部小说的内涵更为复杂起来,已经有评论家专家撰文指出:《失魂国度》无愧它伟大的名号,它的伟大之处就在于改变了文学以往参与现实的方式,它让文学以一种全新的姿态进入现实。不,应该说,它让扑朔迷离的、不断衍生枝节的现实成了文本的一部分,这本书将超越此前的任何伟大著作,它的来源是一个巨大的谜,而且它的生长将永不停止。

就在报社编辑、研究者、读者们被这部小说弄得团团转的时候，译者米斯郑和编辑刘十三又一次坐到了成都小吃店里，也就是他们的合作开始的地方。

米斯郑问刘十三："你说实话，你是不是篡改了小说，根据什么篡改的？到底是你自己的作品，还是所谓的民国小说？"

刘十三则反问米斯郑："你先告诉我，这小说究竟是不是你翻译的，或者你翻译的时候改动了多少？"

米斯郑犹豫了一下，说："它是我翻译的，我翻译时也确实做了改动，但这部小说确有其作者，而且他还很年轻，刚刚四十岁。"

刘十三说："这场闹剧该停止了。"

米斯郑："你这话是什么意思？"

刘十三："我是说，作者该出场了。"

米斯郑愣了一下，忽然明白了，点了点头："你说得对，作者是该出场了，但这部小说，还会像他们说的那样，不断生长。"

第二天，米斯郑向媒体公布了《失魂国度》原作者Alan的身份和家庭住址。当世界各地的记者蜂拥到Alan的住所前时，他被吓坏了，他不知道自己干了什么事。当他知道他的一部小说在遥远的中国被奉为经典之时，还以为自己在做梦。他对记者说，自己确实写了一部叫《失魂国度》的小说,但从来没给什么著名作家寄过前三章,也没有委托过中国人翻译。先是美国出版商找上门,想购买这部小说的英文原版的出版权,但Alan说,他已经没有这部小说,那一年他的小说存在电脑硬盘里,一个修电脑的中国人,偷走了他的电脑,而他只有唯一的一个备份。记者们管不了这么多,依然大肆报道Alan和他的作品。Alan因为一部已经丢失的小说,成了美国家喻户晓的名人。

所以说,如果想要出版英文版,或者出德文版、法文版、日文版,只能是从中文翻译,但事情的困难就在于中文版本身就有很多谜团。这些谜团增添了学者们的乐趣和书商们炒作的砝码,却阻挡不了这本书的横向生长,甚至加速了各种外文版的出版。但令人意外的是,包括英文版在内的外文版,完全没有达到预期的效果,每种只卖出去几千册到几万册不等,也没有美国学者为此写什么重要的文章。

Alan从云端跌到了谷底。Alan本来对中国和中国文学毫无了解,他想知道这中间到底发生了什么。米斯郑把中文版的版税都给他了,他衣食无忧,于是开始学习汉语,开始研究中国文学。Alan有一个雄心,那就是在十年之内精通汉语,然后到中国去看看这本书究竟是怎么回事。他给自己取了一个汉语名字,叫艾龙永。Alan没想到的是,他在研究和学习的过程中,真的喜欢上了中国文化。在《失魂国度》出版十年后,艾龙永成了最重要的汉学家之一,当然对中国读者来说,他也是最有名的国外作家之一。艾龙永觉得时机已经成熟,于是他答应参加2014年度的世界汉学大会。当然,艾龙永主要并不是来开会的,他是想见见那个中国译者米斯郑和编辑刘十三。艾龙永希望这次中国之行能找到事件的起点,能解开困扰世界和自己的谜团,他知道这次会面命中注定。

在世界汉学大会给他特别准备的套房里,艾龙永翻开了《失魂国度》中文版的第一页。十年来,他一直忍住诱惑没有去读这本书,为的就是来到这个事件发生的语境,用他和中国人一样的汉语水平来阅读它。他读了下去,直到第二天早上合上书的最后一页。艾龙永同时陷入震撼和迷惑之中,在他——一个汉学家——看来,这的确是一部非常牛的小说,但一点也没找到自己那部小说的影子,这是两个完全不同的故事。

带着这个疑问,艾龙永和米斯郑、刘十三相聚在一家咖啡馆里。这次会面中国媒体和学术界都非常重视,很多报纸的标题这么写:《失魂国度》三个可能作者的一次聚会。从一定意义上说,这本书的确有三个作者,甚至更多，因为读者来信已经提出了很多情节来自民国的一位无名作家，只不过跑到国图去翻看缩微胶卷的没有一个人找到这篇小说。艾龙永很精明地明修栈道，暗度陈仓，把媒体引向了另一个方向，他和米斯郑、刘十三则到了这家不起眼的咖啡馆。

三个人坐在那儿，都不知道该如何开口。沉默了几分钟，艾龙永说，两位，我想是到了揭开谜底的时候了。

他又转向米斯郑："郑先生，我想你并不是偷我电脑的人。"

米斯郑说："我当然没有偷你的电脑，但我买过一台二手电脑，那部小说就是我在二手电脑里发现的。"

艾龙永对着刘十三说："刘编辑，我想，你应该告诉我们一些什么。"

刘十三说："是，我对译文做了改动，或者说，我添加了很多东西，只是我有点分不清哪些是我自己想出来的，哪些是我读了别的故事之后挪用的。这也就是我沉默的原因，因为我分不清。"

艾龙永颓然地说："我可以负责任地告诉两位，这部小说，跟我的小说毫无关系。我想，郑先生的翻译和你的编辑，弄得它面目全非了。"

米斯郑忽然站起来，他吃惊地说："还有另一种可能。"

艾龙永和刘十三同声问道:"什么可能?"

米斯郑:"那就是,那个偷你电脑的人,删除了你的小说,而他自己又写了一部。"

艾龙永和刘十三被米斯郑提出的这种可能惊呆了,这极有可能,而且似乎是唯一能解释这个困境的说法。

"那就是说,"艾龙永颤抖着声音,"我们都不是它的真正作者,都剽窃了这个无名氏的作品和名声?"

他们无法回答,只能沉默地喝着没加糖的咖啡。

第二天的报纸还是报道了这次会面,这一次,报道中解释了所有的谜团:原书作者艾龙永先生,米斯郑的翻译忠实于原作的每一个字,而编辑刘十三也完全严格扮演了他的角色,丝毫没有改动译稿,至于那个读者提出的所谓民国小说,经查毫无证据,可以看作是一个无聊读者的假想。报道的结论是,有关这部书的许多个谜团,都是编辑刘十三策划出来的炒作手段,很不幸,所有人都上当了。

艾龙永回到美国,此后再也没有写作,他甚至很少再谈到中国。只是偶尔有人好奇地询问,他的中文名字到底是什么意思时,他才会重复一下那几条理由:第一,艾龙,这与我英文名的发音很接近;第二,意思是爱龙,龙是中国的吉祥物，爱龙就是爱中国；第三，永就是forever的意思，永远。永远爱中国。据说，按照中国的纪年法，我刚好是属龙的。人们如果继续问，他为什么会这么喜欢中国，他就会幽默地回答说："因为我在那儿出版过一部著名但并不存在的小说。"

骏马概要

叙事概要

1

张学牵着那匹马走出马圈,到水槽边饮水。然后,那匹马牵着张学,去村子后面的山坡。他们有时候在这里待一整个上午,马吃草,张学蹲在石头上,看马,抽烟。

在这个家里,这匹马是张学最亲近的事物,比老婆孩子还要亲。他们心有灵犀,完全不需要语言就能沟通。但是有一点,这匹马从来不让张学骑。除此之外,它几乎是一匹完美的马。

张学骑过它一次,那是它刚刚跑到家里的时候。一匹无主的野马,从北面的山林一路飞奔,直接进了张学家的院子,站在满是土块的院中嘶鸣。是张学的小儿子铁蛋最先发现它的。铁蛋刚会走路,歪歪扭扭地走到马屁股后面,去揪它的尾巴。张学媳妇韭花从窗户纸的破洞里瞧见了,一声尖叫,和马的嘶鸣声调一样高。她觉得那匹马会猛地弹起后腿,把铁蛋踢飞。但是没有,它任由铁蛋扯自己的尾巴,后来还转过身,用厚大的唇去触碰铁蛋的青皮脑袋。铁蛋咯咯笑起来。韭花觉得那匹马抬头看了她一眼，眼神有些熟悉感。

张学找到一个马笼头，套在它头上。他还给马割了些草，把它拴在门口，等着主人来寻。在村里，常常有人家的牛马走失，都是这样找回的。张学心里想，他的主人找到它时，为了表示感谢，应该会给自己一盒烟，至少是三块五的红梅。他特意从灶房拿了半盒火柴，装在上衣的口袋里。

张学的三个儿子觉得这匹马太漂亮了，高大挺拔，温驯乖巧，整个村子都没有这么好看的马。他们围绕在它周围，把青草递到它嘴边，脱下衬衣给它打蚊子，用家里做饭的水瓢舀清水给它喝。它逐个吻他们的头顶，三颗青皮头颅上就带上了被咀嚼过的青草气息。金蛋和银蛋央求张学说，把它留下吧，我们家正缺一匹马呢。那头老驴子，已经拉不动车了。铁蛋继续揪马尾巴。

张学也被这匹马吸引了，他比孩子们想留下它。许多年前，他有过一匹完美的马。二十岁的时候，他是个马倌，在他放牧的一百多匹马里，有一匹黑色的二岁儿马子，是他的最爱。他不用缰绳，只是握住它脖子上竖长的马鬃，一人一马跑遍了村子周围的山野。有时候，他甚至会半夜钻到马圈里，睡在马槽上。马的喘息声和偶尔的踏步声，是他最好的催眠曲。

这匹黑马后来死在了两只狼嘴里,只剩下一副森森白骨和一摊尚未消化完的草料。从此之后,他再没有养马、放马。这是二十多年前的事了。现在的张学,已经快五十岁了。他没想到自己又遇到了一匹完美的马。

等了三天,没有人来寻这匹马。村里人都知道,有一匹完美的马跑到了张学家里,而且是一匹无主的马。他们都有些妒忌,也有些不解,这个从来只会走霉运的张学,怎么突然行好运了呢?他们想,也许是老天为他失去的那些东西给的补偿。

张学把马牵回马圈,给它添了一些玉米料。它没有吃,而是用大大的眼睛看着他。他觉得这双马眼里有一个影子,仔细看,这个影子又消失了。他拍拍它的脖子,说,从今往后,咱俩就搭伙了。马的四个蹄子碎碎地踩动起来,喉咙里有一种压抑的鸣叫。

张学回到里屋,瞥见灶台旁边的桌子上,供奉着的已经被熏黑的牌位。他蹲下,卷了一支旱烟,就着灶坑里的火吸出火,对着牌位说,你看,我来的这段日子,该做的都做。你也看到,我对金蛋银蛋铁蛋有多好。可是韭花……烟烧了他的手,他哆嗦一下,把嘴里的烟雾冲牌位喷一口,又说,你那边吸不到烟,抽一口吧。

又过了三天,张学开始确定,这匹马就是来找自己的,或许它就是当年的那匹马,重新转世而来。他从仓房最凌乱的角落,找到多年前的那副马鞍和缰绳,洗刷干净,给它披挂好。

韭花在园子里给白菜拔草,三颗蛋站在墙头上,兴奋地看着张学做这一切。张学想给女人和孩子显显自己曾经的英武,一个纵身就跃到了马背上,哪知道这匹马却突然暴跳起来,跳得比院墙还高。张学被重重摔在地上,顾不得摔疼的屁股,慌忙躲闪着坠落的马蹄。

很快张学就发现,除了不让骑,这匹马做什么都很温驯,拉车、拉犁也卖力气。张学想,也许它是一匹特别的马,一匹从来不愿意被人骑的马。这也很好,一匹完美的马,就应该有自己的个性。

2

张学从一片深黑的密林里往外走。

他有些惊慌失措,每一步都小心翼翼。他觉得每棵草都好像随时要燃烧。他太害怕燃烧了,他一生的命运都因为错吸了一支烟,然后把烟头丢弃而改变。现在,他已不再对此后悔,他相信一切都是命中注定。

他要赶在死后七天之内回去看看老婆孩子,做最后的告别。让他感到意外和惊喜的是,那些村里代代相传的话,竟然都是真的。很小的时候他就听说,一个人死后,七天之内魂魄是不离开村子的,要寄居在村子前面麦田的小庙里。小庙像是收留新鲜魂魄的客栈,死去的人暂住这里,七天里,可以随时飘飘荡荡回到家中,去看看那些不舍的人和牲口。

张学在这里睡了很久,醒来的时候,他发现已经到了第七天。他匆匆从小庙出来,却遇到一阵狂风,直把他吹到北面的山野。他现在轻得像一口吸过又吐出来的烟。太阳正缓慢地向山崖落下去。他费了好大的力气才挣脱那股奇怪的风,浮过山脊和田野,急急往家赶。

他其实并没有什么太舍不得的事情。经过那么多世事之后,他已经是一个没有多少热望的人了。但是他住在小庙中,总是热切地听到一个人在呼唤他的名字。那个人说,张学,你走了,我来替你活着,但是你得保佑我。还说,张学,其实活着比死难。

他飘过院墙的时候,发现墙头的一块石头掉落到了地上。这是不应该的,这段墙除了自己,从未有人经过。现在这块石头掉落了,而且周围布满了脚印。他跟着脚印追踪到村子西边,脚印消失在村里的光棍孙利的门口。张学脑袋一热,感到有什么东西聚集在头顶,他渐渐飘起来。等那股热气散掉,他重又落在地上。

他转回家里,看见韭花还在园子里拔草。她一年四季都在拔草,春夏秋把青草拔下来,剁碎了,熬熟,喂猪和鸭子。冬天把干草拔下来,喂驴和羊。院子里,金蛋吸着长长的鼻涕,滚一个小车轮胎;银蛋骑着一根葵花秆,假装在骑马,驾驾驾;铁蛋在韭花旁边的菜畦上爬,满脸泥土,有时候蝴蝶会在他脸上停留,他一伸手,抓了个空。

张学抬头,看到半个太阳要落山了。这一刻,他才生出些不舍,他必须在落山之前回到小庙里,然后从那儿走进阴阳之门,到他该去的那个世界。

张学踩着渐渐消隐的夕光回到小庙,却发现那扇阴阳之门已经关闭了。他大吃一惊,细看墙上用来计算天数的画痕,一二三四五六七,专门给他留的那扇门,昨天就关了。现在是第八天。张学再也走不进那扇门,他发狂了一样在田野中奔跑,直到他想起,昨天被那股风吹走时,在山野深处看见的那匹奄奄一息的马。

那匹马有　双特别不甘心的眼睛,瞪着天空。

叙事概要

3

韭花把一大摞衣服抱出来，堆在炕头上。张学拣起一件，套在身上，衣服瘦又小。韭花摇摇头说，太小了，还是留着给金蛋长大点再穿吧。他说不，我必须穿这些衣服，我是张学。韭花不再作声。

从这天起，他穿着瘦小的衣服去田里干活。村里人碰见，就会说，张学，衣服这么小，你长那么大，怎么行？还说，大衣服能改小，小衣服不能改大，你只能自己往小了长。

他不作声，用力地挥起锄头，草被除掉了，裤裆也咔嚓一声裂开了。他只好动作幅度很小地干活。他用那个人的碗吃饭，盖那个人的被子，穿那个人的衣服鞋子，可他还成不了那个人，因为他还没睡到韭花。

他说我已经跟你领了结婚证，我们是两口子。韭花说，咱们农村的规矩就是，男人死了三年再嫁，死后才能进祖坟。他死了还不到三个月，我就改嫁了，我怕。

张学说，你这不叫改嫁，这是我倒插门。进了他家里,我就没有我了,连名字都没了,村里人再也不叫我孙利,都管我叫张学,叫晚张学。你死了能进祖坟,还能跟张学合骨合坟,到阴间也是一家人。我死了就是孤魂野鬼,进不了张家坟,也回不到孙家坟。

韭花就觉得有些亏欠,伸出手去摸他的脸,摸他的胸,摸他的肚子和大腿,摸他的裤裆。张学还想继续,韭花却扯灭灯说,睡吧,明天还有五亩地的豆子要种下去,腰能断三节。张学睡不着,他脑海里突然浮现出那匹马的眼睛。他忽然觉得马眼睛里的影子是谁呢,就是那个死去的家伙。他借马还魂,又回来了,回来看着他。张学出了一身汗。

张学愤愤,第二天起来,翻出自己原来的衣服和鞋子穿,却大吃一惊,不久前还合身的衣服,竟然都显得肥大,鞋子踩起来像两个簸箕。对着镜子,他发现自己已经变得越来越小,越来越瘦。那个死去的张学的衣服渐渐合身,而他原来的衣服,不得不让韭花用缝纫机和剪刀一一改小。

在马圈的一个石头缝里,藏着张学最秘密的东西,是他的身份证。

结婚之后,按倒插门的规矩,他把户口迁到了韭花的户口本上。他在户口本上的名字,成了张学。但他留着之前的身份证,在那上面写着,他叫孙利。他悄悄地藏,一扭头,又看到了马的眼睛。这匹马知道他在干什么,多次用前蹄去刨那块石头。

他把那匹马牵出来,到一处荒地上,给它上了脚绊,用鞭子狠狠地抽。马吃痛了,拼命跳跃,可是脚绊锁着三个蹄子,它跳不起来。它要嘶鸣,而嘴里也被他戴了铁链制的嚼子,紧紧地勒着舌头和牙齿。这匹被抽打的马,发出呜呜的声音,好像在用腹语唱歌,好像过年时的秧歌队。

他累了,放下鞭子,解开脚绊和缰绳,说你滚吧,再也不要回来的。你回来,我会杀了你吃肉。

那匹马却没有走,绕着他奔跑起来,跑了许多圈。马蹄卷起的尘埃像一个小型的旋风,把他圈在中间,他呛得差点咳出肺。

这天晚上,他强行行使了男人的权利,韭花哭泣着挣扎,但他力气大,她的手臂被他捏得青肿。等他从她身上下来,韭花已经停止了哭泣。

这回你满意了吧,韭花说。

不,他仍然恨恨地说,我要把我自己的名字夺回来。我不想再叫晚张学了,我叫孙利。

4

那匹马正在死去,眼皮缓缓地眨动着。张学浮在它的上空,等着那个千钧一发的时刻,当它的魂魄消散,他就可以钻进那具健壮的身体。

他站了起来,花了好长时间才适应四条腿的感觉时。他尝试奔跑、跳跃,比想象中的要容易。作为一匹马的张学跑开了,翻山越岭,像风一样。他忽然觉得,没有赶上那扇门也很好,他可以作为一匹马留在人间。

他攀上了这座山的最高处,向西北的远方看,那里有一座更高更大的山。

十年前,他背着背篓去那座山上挖人参。用了半个月的时间,他找到一株大人参,但是提前准备的那根红头绳却找不见了。人参是植物精灵,能自由地在土地里穿行,只有用红头绳拴住它,它才会待在原地。

那株人参好像跟他捉迷藏,每天都在他活动的周围出现,但是丢了红头绳,他没法捉住它。有一天,他又看到了它,就蹲在一块大石头上盯着它。他点了一支烟,吸了

叙事概要

几口,然后看见它在悄悄消失。他猛扑上去,用一根红绳子拴住它。人参精不知道,他解下了自己的鞋带,又用刀子划破手指,用自己的血把鞋带染红了。

他拴住了人参,它再也跑不掉了。他开始在它周围几米处挖,他必须地大范围开挖,不能破坏人参的任何一根细小的根须。只要完整地挖出来,他就能发大财,能将来给金蛋交学费,给韭花买新衣服。

他没看到,自己扔掉的那个烟头,正在微风的吹拂下,一点点地引燃枯草和树枝。似乎只是一瞬间,整个山就着火了,就在他即将挖出那根人参的时候。火苗先是烧到了血鞋带,烧伤了人参,但是随着鞋带变成灰烬,人参在一瞬间遁入土里。

他发现整座山正在变成火海,大惊失色,用树枝拼命扑打,但无济于事。他沿着草木稀疏的山脊奔逃下山,一回头,看到了一座红色的山峰。

那场大火烧了三天三夜,红色的山峰成了黑色的山峰。幸好山下不远处是一条奔腾的大河,火势才没有蔓延得更广,大火被人们扑灭了。

他因为故意纵火罪,被判入狱十年。在牢狱里遭遇的事情,他从未跟任何人说起,那些殴打和暴力,都埋藏在他的骨头和五脏六腑里。因为服刑期间表现良好，他待了七年就出狱了。

等他回到家里时，看到金蛋长到了八岁，韭花已经有了白头发。他打算好好过接下来的日子，勤恳地干活，再也不做发财梦了。他真行，又生了两个儿子。可那些藏起骨头和五脏六腑里的东西，一点一点地长大，不知不觉就吞噬了他的血肉。

他没吃一粒药，没打一次针，满地打滚地死在了土炕上。

临死之前，他看见那株带着烧伤痕迹的人参在屋顶上跳跃，他伸出手去，什么也没有抓住。

他跑上了那座曾经着火的山，十年过去，这里已经一片绿色，只有那些被烈火焚烧过的石头，还留着一些痕迹。他站在山顶，用马的声音长长地嘶鸣。

几个月之后，他下山了，一路狂奔到村里，走进自己家的院子。

他不是很清楚回来干什么，他已经是一匹马了，不可能回到作为人的生活，也不能像鬼那样。但是他有一天突然想起了那块掉落的石头，好奇心让他忍不住回来。他看见了那个人，那个村西的叫孙利的光棍，正挑着两桶水摇摇晃晃地走进屋里。孙利把水倒进水缸,把空桶倒扣在鸡窝上。

这时有人在大门口喊:张学,你借的磨石还没还给我。

张学从鸡窝的一个地方,拿起一块已经磨弯的磨石,走到大门口,递给喊的人。

孙利住到了他的家里,占了他的名字,成了韭花的丈夫、金蛋银蛋铁蛋的爹。

他留下来,试图找个机会杀死那个替代自己的人,可是他看到韭花和金蛋银蛋铁蛋,吃上了肉,穿上了新衣服,这是自己十年来都没为他们做过的事,他又放下了杀心。杀了第二个张学,还会有第三个的。

他越来越认同自己是一匹马了,像一匹马那样勤勤恳恳地干活,让他获得了做人时没有的快乐。只是有一点,他绝对不会让那个人骑在自己身上。

5

那匹马消失了。

他带着一身尘土回家,终于把户口本上的名字改回了孙利。他以为自己可以做回自己，但是很快发现，别人根本不关心他户口本上叫什么，按村里的习惯，他们就叫他张学或晚张学。他一次次跟所有人纠正，我叫孙利，我是孙利。他们说哦，我知道，你原来叫孙利，但是你现在是张学，是晚张学。他想为这个跟每个人打一架，可是也知道，打架之后还是一样，他们就算当面叫你孙利，背后还是会说：张学家的马好像没了，这真是奇怪啊，这匹马，突然跑来了，又突然跑走了。他们还会说，张学不会永远走好运的，他肯定要倒霉。

张学开始计划一件特别长远的事，这件事不能告诉任何人。他出了一趟远门，回来后人们发现，他的一只手少了两根手指。人们惊讶地问，怎么了张学？他说遇到了坏人，手指被他们砍掉了。人就唏嘘，看看，他果然走霉运，一个没有自己名字的人，是不可能走好运的。

其实他是去找了一个外科医生，让他截掉了两根手指，剥去皮肉，把骨头留了下来。夜深的时候，他扛着镐头和铁锹，到张学的坟头，挖开了张学的坟，把自己的两截指骨换到张学手上。

又过了几年，他又出了一次远门，回来的时候腿也瘸了。然后是肋骨，又一根肋骨，他身上那些不太重要的骨头，一块接一块地替换到了张学身上。

叙事概要

    有一天清晨,人们惊恐地发现,北山上坟地的坟都被刨开了。骸骨丢的丢,散的散,有的没了腿,有的没了胳膊。张学丢失得最多,连头骨都没有了,只剩下为数不多的小骨头。人们说,有一批盗墓贼听信传言,说这儿埋着一个王爷,而王爷坟的入门就是其中的一座坟。他们挖了很多座坟,也没能找到那扇通向宝藏的门,怏怏而去。

    人们只好把还剩下的骨殖收敛起来,重新埋进土里,这一次埋得特别深。

    张学给张学的坟头撒了最后一捧土,笑着回到了村里。从此之后,他再也不用担心任何事了。

    那天傍晚,放羊人赶着羊群从山上下来,看见一匹马绕着张学的新坟在狂奔、嘶鸣。

    就是张学家的那匹马,他信誓旦旦地说,那匹完美的马。

    那匹马跑了上百圈,叫了上百声,然后奔向了山野深处,消失不见了。

叙事概要

叙事概要

2020年5月,在某个网络直播间里,举行了一场特殊的小说讨论会,这个系列活动的主题是"新冠时期 小说何为",每期请2~4位嘉宾,就一部刚刚发表的作品进行讨论。本期主持人是评论家L,对谈嘉宾是作家Z。本来还邀请了著名作家S和批评家T,但直播当天,二人皆因非人力可阻止的意外而无法参加。最后,便只有L和Z就Z刚刚发表的一篇小说《惘然记》,展开了一场对谈。这场谈话涉及很多小说叙事的问题,比如叙事与社会背景、叙事视角、叙事的延展性等,当然,也有些直播这种形式带来的稍显随意的言辞。本刊征得两位嘉宾同意,特发表整场谈话的文字实录,以飨读者。

——《叙事评论》杂志"新作研讨"栏目主持人语

L:Z,怎么样,可以开始了吗?

Z:可以可以。只要对着镜头说话就行,对吧?

叙事概要

L：是的。好，各位网友大家好，欢迎来到"新冠时期小说何为"的网络直播间。有关嘉宾的介绍提前有预告，我就不啰唆了，咱们直接进入正题吧！今天要讨论的是作家Z的小说《惘然记》。Z，我们不妨遵从俗套，就从你的小说《惘然记》的开头说起吧。毫无疑问，你的小说开头来源于2020年人类历史上最重要的事件，也就是新型冠状病毒的全球大传播。我相信从1月以来，大家都在关注并且经历着它带来的生活改变。作为一个作家，当然有责任也有义务去书写此类公共事件，但你的目的好像并不在此。

Z：我不能对这个问题回答是或者否，因为我并没有一个准确的目的——这也是作家们的老生常谈了。让一个作者去谈论他的作品，本身就是一件很吊诡的事（顺便说一下，这个词我是疫情期间居家读一个海外学者的书，才学到的，我甚至搞不懂它的具体意思，大概就是说有点奇怪吧）。作家们要么自我阐释甚至是自我表扬，要么就是顾左右而言他，然后做高深状，一切全由读者去体悟。说回小说开头，可以的话，我想读几句，方便讨论，也方便直播间的网友们听得懂我们在说什么。不用统计，现在观看人数是……两万三千人，读过这篇小说的人不会超过二十分之一。哈哈，我真搞不懂你们为什么会进入这个直播间,又不是头部主播或者明星们的直播间——

L:你得允许有人真的热爱文学。

Z:哦,你说得是,有人因为热爱而来,有人因为无聊而来,这也许才是网络有趣的地方。开头,还是说开头,我来读一下:"走出楼道门,他有点儿后悔,但不可能再回去了。时间永远没法回到那一场家庭战争之前。到了小区的小广场,他恍然想起忘了一件重要的事——戴口罩。犹豫几秒钟,还是决定不回去拿。这会儿周围并没什么人,他抽出一支烟,点着了,狠狠地吸了一口。"要我自己说,这是个挺没创意,也挺无聊的开头,对吧?你是批评家,每天都会看到无数类似的开头,真是毫无特点。不过对一部小说来说,开头很重要,但有时候也没那么重要,我的意思是说,最终还要看小说没有写出来但是的确存在的那个部分。不可能每个作家都能写出马尔克斯的"多年以后,奥雷连诺上校站在行刑队面前,准会想起父亲带他去参观冰块的那个遥远的下午"和托尔斯泰的"幸福的家庭都是相似的,不幸的家庭各有各的不幸",或者卡夫卡的"一天早晨,格里高尔·萨姆沙从不安的睡梦中醒来,发现自己躺在床上变成了一只巨大的甲虫"这一类的开头。

L：这些都是伟大的小说开头，影响了一代又一代的作家，它们已经成了文学史中的路标。

Z：所以，我们为什么要讨论开头呢？既然它是如此的不可控，而且如此地难以从整体中分离出来看。比如说，托尔斯泰的"幸福的家庭总是相似的，不幸的家庭各有各的不幸"，如果没有后面几十万字的叙事内容，这句话充其量只是一句名人名言而已，对吧？说到这里，我倒是想起从网上看到的一个段子：说二十世纪九十年代时，在一个小镇上，有一个当时还没成名的年轻作家，疯狂地热爱文学。他把小镇上能找到的书都看了，某一天读到一部小说，开头让他惊为天人，简直是比老托、老马、老卡还牛的开头。等到后来，他有机会再次看到那本书，才发现自己以为的开头其实是小说开篇的第七页——前几页被人撕掉了。

L：你这简直是在狡辩，不过小说的开头的确不能作为一种标准，但我又必须说，开头是极其重要的，因为它关涉写作的方法论，关涉作家对叙事的基本态度。就拿你举的例子来说,老托的《安娜·卡列尼娜》的开头,也是老托的叙事方法论,甚至是他的世界观。老爷子终其一生都在生活实践和文学写作中处理这个问题:幸福和不幸。而老马的那个"多年以后……",更是同时把过去、未来和现在统一到一个句子里,这也正是《百年孤独》魔幻现实主义里的那个魔幻戏法的根本秘密。《变形记》也一样,一个人睡醒觉之后变成了虫子,不由分说。

Z:好吧,我承认我被你说服了,但是——不好意思,我必须得用到但是——但是卡夫卡之后的作家们已经永远变成虫子了,时间永远无法回到格里高尔·萨姆沙醒来之前了。现代派文学是一种终极表现方式,该玩的东西,早在二十世纪前半期就被玩遍了。从那以后,说实话作家们再也没有翻出什么新花样。就像有种玩具叫魔方,它的第一次构造既是创造,又是毁灭。它之后的魔方不管是多少阶的,都不过是那个最简单的原理的延展应用而已。所以,后来的作家们拼尽全力,也只能是给魔方加面和块,无力改变它的基本运作方式。

L:也别妄自菲薄嘛,说不定哪天就会有一部伟大的作品横空出世,又给文学带来一些新的、具有方法论意义的启示呢。还是回到你的小说。《惘然记》的背景是新型冠状病毒肆虐,然后全国各地的小区都开始封闭式管理,咱们所在的北京当然也不例外。我住在回龙观,我们小区一度管控很严,出入不但要测体温、出示出入证,还要手机扫码。那个叫什么的小程序,能接通你手机的运营商,然后显示出你最近两周是否离京或到过高风险地区。这真是我们从未经历过的事——非典时也远未如此。我想你们小区也应该差不多。

Z:是,环球同此凉热。不过这不是重点,重点在于人们的日常空间只剩下家这一个地方。几个月的封闭生活,对人们来说实在是一种考验,不只是方便不方便的问题,还是一个精神问题。这是人类的一种自我囚禁,它每天都在挑战我们既有的生活秩序。夫妻之间每天24小时在一块,很多原来并不在意的事情,一下子成了大事,而且连离家出走都不可能,必须在一块。

L:是啊,春节之后那一段,人们连家门都不敢出。后来好了些,慢慢地下楼遛弯,放放风了。刚才你读的开头就是如此,小说的主人公老周因为跟妻子闹矛盾,跑到小区里,无意中溜达到门口的值班帐篷里,跟值班的人聊天，发现他们正在招聘社区志愿者。于是，他报名参加值班，而且要求值晚班。

Z：大致如此。不过，他跟妻子闹矛盾的原因有很多，直接的导火索和儿子上网课有关。他们的孩子刚上一年级，书才读了一个学期，就遇上新冠，近半年的时间只能对着屏幕上课。网课不只是学校的课，还有很多课外班，也都转成网课了。在辅导网课的过程中，两人的教育理念发生了激烈的碰撞，其根源是他们身上留存的过去在互相斗争。老周吵架吵不赢，郁闷地出门，然后加入了志愿者队伍。

L：所以，老周其实是在逃避家庭，逃避日常生活。他希望能通过这种方式，给自己的生活留一个气口。从前五分之一的情节看，这篇小说就是时下很常见的日常生活叙事，家长里短，鸡毛蒜皮，并没有什么特别之处。但之后开始起波澜，老周顺利成为志愿者，每天晚上到小区门口值班，也就是查出入证、测体温什么的。一开始还好，随着国内疫情的缓解，大家对严格防控就松懈了，老周偏偏是个教条的人，严格执行。他和那个8号楼的人矛盾就因而起。他被打了，回去又被妻子打趣。老周很郁闷，第二天一整天无精打采,晚饭时不顾妻子反对,喝了几杯酒——他有心脏病,不应该喝酒。

Z:铺垫到此已经可以了,我要写的重点终于该上场了。其实,这篇小说我是先有的后面这部分,我觉得它是故事核,或者灵感核。我考虑过以常规的方式来处理这个故事,很好写,就写一个孩子因为每天被安排的各种学习和辅导班太多,精神崩溃,后来有一个机会,回到老家去,然后发生了一系列离奇的事。但写了一半,觉得不过瘾,就想还能不能处理得更具有当下性,所以又加上了老周的故事。

L:为了让更多的直播观众了解这篇小说,你愿不愿意把这个部分朗读一下?

Z:现在吗?这一部分都读?

L:对,现在,可以都读。我非常喜欢这个故事,我觉得它很有《聊斋》的意思,也有现代派文学的影子。好玩,有趣,但又不简单。

Z：哦，好，那我读一下。说实话，发表之后我就没再看这篇东西：

> 和前几天值班时一样，半醉的老周坐在救灾帐篷口的一把折叠椅上，点着烟，耳机里放着郭德纲的相声段子。谷雨已过，尽管前几天刮了一场十级大风，并未带来寒冷，反倒是把轻度雾霾全部吹散。所以，夜空很是晴朗，加之疫情期间，大多数企业还未复工，街边的大楼里基本上都没有灯，老周惊讶地发现，幽蓝的夜空竟然显出了淡淡的星光。自从二十年前到北京，他似乎就再也没看过这样的天和星星，不免有些恍惚。

不是这段，下一段？哦，就是门卫老黄给他讲故事的那段？我知道，不过我觉得这一段对后面很重要，是，后面那个故事和老周这一会儿的状态之间存在着隐秘的联系。好，为了节省时间，我直接进入故事。这个故事是同为值班员的保安老黄讲给老周的。不行，我还是得读一段前情，否则怎么都别扭。小说不是这样可以随意截取省略的，小说需要一定量的废话。

在星光、相声和酒精的作用下,老周迷迷糊糊地睡着了。

有人深夜开车回家,车灯把老周晃醒。老周看了他的出入证,测了体温,一切正常,正准备放行。对面保安室里的保安却不给抬杆,指着车后面。老周没反应过来,保安走出来,让车主打开后备厢。老周这才想起,自己忘了这道程序。前几天新闻报道,有人藏在后备箱里偷着进入小区。

等那辆车开走,老周睡意全无。天上的星星也没了,他摘下耳机,掏出烟,递给保安一支,说:刚才谢谢了啊,来一支。保安接过烟来,在他旁边的椅子上坐下。老周在烟火里看清,这人有五十多岁了,说六十多也行,一脸生活的褶子。

你不是物业和社区的人吧?保安说。

不是,我是社区志愿者,住22号楼。

跑来值夜班,肯定有心事啊。保安嘻嘻一笑说。

哈哈,没啥,就是在家待不住了,想找机会出来透透气。

行了,甭掩饰。愿不愿意说说?

老周心想,我跟你又不熟,咱俩不是朋友,没交情,跟你说得着吗?想是这么想着,嘴里却不由自主地叹了口气,然后一些话,自己就从肚子里跑了出来。等老周噼里啪啦一通吐槽,把自己当年怎么从乡下考到北京,怎么有了现在的事业,怎么费劲巴力给孩子报了各种班,可是孩子成绩一直上不去,怎么跟妻子因为一句话而起了一场战争,等等,各种吐槽,完了,发现保安听得挺入神。保安郑重其事地说:现在孩子的这事吧,我这个年纪,搞不太懂了。我跟你讲个故事吧,这故事呢,是我前两年在别的小区当保安,有人讲给我听的。我听了一直忘不掉,老想给谁讲讲,可一直没机会。

哦,那你讲。老周心里嘀咕,不是想让我掏心掏肺吗,敢情是你老哥想找人聊天啊。行,那就听听你的故事。

L:Z,不好意思,我得稍微打断你一下。我看有网友留言问今天讨论的主题,我再跟大家说一下,是"新冠时期 小说何为"。对,哦,那两位嘉宾来不了,具体什么原因我也不太清楚。应该没有被隔离,大家不用瞎猜,他们可能被什么事耽误了。今天主要是我和作家Z聊聊他的新小说《惘然记》。作家Z正在朗读作品,大家有兴趣可以听听,最精彩的部分就要来了。好,我的废话就这么多,现在有请Z继续朗读。

Z：咳。好，我继续，以下就是老黄给老周讲的一个故事：

> 事情是这样的。我之前在天通苑的一个小区当保安，我们保安队里，有一个比我小几岁的人，叫小钱。虽然也有五十岁了，但比我们都小，因此叫小钱。这故事就是小钱讲给我的。小钱说，他有一个妹妹，比他小十岁，妹妹家里有个女儿，读一年级。小钱妹妹是个极其要强的人，在家里说一不二，而且呢，因为对丈夫不思进取不满意，就把全部的希望都放在了女儿身上。从幼儿园开始，妹妹便给孩子报了好多兴趣班，钢琴、绘画、舞蹈、英语，反正你能想到的，她都会去试试。孩子上幼儿园了，中午有午休，但一到中午，别的小朋友吃完午饭，都睡觉去了。我妹妹家的不行，被她妈接出去上舞蹈课。下午幼儿园开学，再送回来继续上学。这种状态一直持续到小学……

L：Z，不好意思，我还得打断你一下，你刚才读的，怎么跟发表在杂志上的不太一样。情节基本都是对的，但不少细节变了。比如说，在你的小说里，这一段的叙述人其实老黄，以老黄的口吻说的，但你刚才读着读着，好像变成小钱了。对，你刚才读着读着就说"我妹妹"如何如何。

Z：不愧是新锐批评家，果然很敏锐啊，我读的确实和发表的有所不同。因为我发现，用文本去叙述和用嘴巴去讲述，不是一回事，特别是现在面对着镜头去讲述。我不知不觉地内化成老周，内化成老黄，内化成小钱。这关涉一个问题：小说文本在最后一个标点符号那里终结了吗？如果是这样，又何必要评论家去评论，作家们去写创作谈，何必我们两人到这里唧啵唧地聊天呢？如果文本只是写作的一部分，作家有权在文字部分终止之后继续创作，把创作状态延伸到无限远的未来，这个文本会不会更有意思？我说的不是不断的修改，而是叙事的流动，也就是小说在写完、发表之后，可不可以在新的媒介中再生长。

L：你提出了一个有趣的老问题，在我们传统的文学研究中，只在文本内部谈论叙事视角、叙事人，比如托多洛夫、热奈特、罗兰·巴特、格雷马斯等西方经典叙事理论，特别是结构主义，本质上就是文本分析主义。媒介则是一个无趣的新问题——就像我们此刻正在做的,看似是新的媒介,但内容也还是两个人的对谈而已。美国的媒介理论家麦克卢汉的名言"媒介即信息"到今天为止不但没有过时,反而越发地明显了。我们不谈当前的媒介本身,还是拿小说来说。以你刚才的提法,现在我们当然主要是你,在谈论《惘然记》时也是你的创作的一部分,是这个意思吧?

Z:没错。更清楚点说就是,我希望这个文本是个可生长的文本,而不是一成不变的,不过这个是否可变的权力仍然是属于作者,而不是媒介的。我家里有人做语文老师,我偶尔看到她们的语文试卷,里面选的每一篇文章几乎都被出题人做了改动。这种被动的改动,不属于创作,创作仍然是一种作家的主观、有意识的行为。就像我刚才在朗读的时候,故意把叙述视角调整了,把那个客观的叙述人变成主观的老黄或小钱。这是《惘然记》的一个分身。

L:好,这个问题基本清楚,我们先搁下不谈,你还是继续朗读那个故事,用你的方式。

叙事概要

Z：OK，我继续读：

我叫小玥，刚读完一年级，马上要上二年级了。今年暑假，连续上了一个月的课外班之后，我终于获得了放松的机会——跟爸爸回内蒙古老家去玩几天。我太高兴了，虽然我并没有多喜欢爷爷奶奶家，但那里是唯一不用上课外班、不用写作业的地方。8月下旬，爸爸开车载着我，用了八个小时，回到了内蒙古老家。幸好妈妈要出差，没一起回去，她要是在的话，肯定还让我上网课。本来妈妈也安排了网课，但我上车的时候，故意把上网课的pad落在了家里，等车走了两个小时，我才跟爸爸说。我爸爸其实挺随意的，他就说，不上就不上吧，也就一周的时间而已。

L：叙述人又换了，你这个作者也太任性了，不过我觉得换得并不成功，这里很多话并不是孩子的语言。

Z：请别打断我，评论家总是善于武断地打断别人，一个孩子作为叙述人，并不代表她必须全部用孩子的口吻说话。如果那样的话，好多小说用死者做叙述人，那就什么都不用写了。

L：嗨，抱歉抱歉，那么，你继续。

其实爷爷家除了没有作业，空气清新之外，也没什么好玩的东西。我喜欢的游乐场、电影院、动画片什么的都没有，每天只能跟家里的几只鸡、一只小猫玩，可我也没那么喜欢小动物。我养过乌龟，后来死掉了。亲戚家的同龄小孩，我也不愿意跟他们玩。我觉得他们太幼稚了，什么都不懂，什么都不知道。后来我想，我之所以不愿意跟他们玩，也可能是太妒忌他们了，因为他们从来没有课外班，顶多有点儿家庭作业，还特别简单。从学校回来，他们就啥都不干，只是玩儿。

不过，一天后，我还是加入了他们的小团体，这是我唯一的选择。我参与到他们幼稚的游戏中。我以为这个难得的假期就这么结束了，就在回北京的前一天，终于遇见了最有意思的事。那天天气很热，一大早，邻居家的一个小哥哥就跑来说，村里来了马戏团，晚上能去看马戏了。我对马戏也没有很热切，毕竟在北京，什么样的马戏团看不到呀。

这个马戏团其实很小，只有十几个团员和动物，演出的场地就在村甲小学的操场上，特别简陋。那天晚上,我用压岁钱在小卖部买了一大包零食,跟几个孩子一起去看马戏。的确是个小马戏团,都没有专门的舞台,只是用铁丝网围了一圈,网上又绑了帐子,像一个——大大的没有顶的蒙古包。全村的人都来了,倒是很热闹。我看见了走钢丝的山羊,会数数的大鹅,还有一只极其聪明的小猴子。那只猴子太厉害了,不但能跳火圈,骑自行车,而且还会做算术题。我喜欢它骨碌乱转的大眼睛。

演出到快结束的时候,从教室里拉出来的电线,不知道被谁弄断了,整个马戏团的灯都灭了。人们叫叫嚷嚷了一阵之后,灯又亮起来了。刚才的黑暗中,我总觉得有两只黑亮的眼睛看着我,我也看着它。我还以为那只是黑暗带来的幻觉而已。那两只眼睛像两个黑洞,我看着看着就头晕目眩,好像是发了四十度的高烧,然后就掉了进去。

L:Z,我必须得提醒你,你新加的内容太多了,这一段在原来的小说里只有三百多字。

Z:哦,不好意思,进入创作状态有时身不由己,你知道,作家有时会被故事和文字控制,不由自主地去写。这有时候是好事，能迸发意想不到的细节；有时候是坏事，会缺乏节制。好，接下来我们争取回到已发表的《惘然记》版本，我是说争取。

一路上，小玥都不怎么说话，我以为她是因为要回去面对北京的生活，特别是各种课程，心情不好。路上，她还因为晕车吐了一回。我老觉得孩子怪怪的，但摸摸额头，不发烧，就是人直愣愣的，好像在想什么事。回到家后，她妈发了一通火，因为没带pad，所有的网课都耽误了。以前每次她跟孩子发火，小玥都会哭哭啼啼，甚至号啕大哭，但这回她任由妈妈斥责，竟然没有任何反应。还有个反常就是，她没吃晚饭，不过吃了不少香蕉和桃子。以前她不怎么吃水果的，可能这段时间在老家没吃到，忽然馋水果了。

L：聪明的读者可能已经猜到发生什么了。

我们是第三天才发现情况不对的。第二天妈妈有事，还是我带小玥。我要上班，只能带她一起去单位。我开一天会，她自己在办公室里看动画片，看困了就躺在沙发上睡着了。晚饭我约了好久不见的几个朋友，他们都没带孩子，就小玥一个人，所以她也比较沉默。我喝了点酒，谈兴很浓，没注意到她有什么不对，回去都有些累，很快都睡觉了。

第三天一早，我被她妈妈的尖叫吵醒。

小玥把大便拉在床上了。这时候，我们俩才认真地看看孩子，终于感觉不对劲了。孩子傻了，痴呆了，问她话，回答得前言不搭后语，刷牙不挤牙膏，吃东西只吃水果。我和老婆想来想去，生活里没发生什么大事啊，孩子不至于受到什么强刺激，也没有意外情况，怎么就傻了呢？

带她去医院做检查，一切身体状况良好。看了好几个儿科、神经科的专家，也没查出所以然来，他们也都奇怪，说这种情况还是第一次见。有个大夫突然提到一件事，让我和老婆心里一震。孩子会不会是自闭症？确实，我们知道有些自闭症的孩子，跟她的状态很像。但自闭症都是先天的，很少有后天形成的，再说她之前八年里丝毫没有相关表现。另一个大夫说，那就要考虑是不是抑郁症了，现在抑郁症很多，而且年龄提前了，青少年里也有病例。我们听了，心里咯噔一下。咯噔一下的意思是，我们想起平日里对小玥的要求，的确很严格，特别是学习上，简直没给她留一点儿空隙。尤其是她妈,几乎是用管理一个企业的方法在管理她的课外班,做题都精确到秒。她有过暴力倾向,曾经把自己所有玩偶的腿都用刀子切了下来。这么一想,更担心了。

从医院回去,小玥倒是很平静,没有任何不开心或抑郁症的表现。我老婆躲在厕所里哭,但又不敢太大声,就咬着嘴唇,出来的时候,下嘴唇都咬青了。我在网上查还有没有类似的孩子,还真查到好几个,说上海某个初一学生,也是一夜之间就变傻了。让我燃起一点希望的是,这几个新闻的最后,孩子都恢复正常,只不过时间长短不一。我就安慰妻子说,这可能就是孩子精神的一种自我调节,会好的,小玥一定会好的。我对不起孩子,我老婆说,我不该逼她那么紧。

Z:我先读到这儿,喘口气,下面请L来发言吧,谈谈他的看法。

L:好,谈话渐入佳境,刚才Z的朗读,或者用他的话说叫创作,很吸引人,整个故事的钩子已经下好了,下面可能就是关键部分,也就是核心情节了。我先说点我的看法,《惘然记》的叙述视角问题,暂时搁置不讨论了,

叙事概要

现在我们来讨论一下叙事主题。其实从Z刚才读的这一段来看,我想大部分读者可能都会猜,这是一个教育主题小说。大致情节就是一个孩子,因为家里人给报了太多的课外班之类的,然后突然有一天承受不住,精神崩溃,变傻了,再然后父母悔不当初。好,现在我要读几条留言。有一个叫阿莎不回家的网友说,Z的这种描写毫无根据,先不说生活里会不会有这样的事,就算有,青少年的抑郁症也完全不是这种表现。而且,抑郁症不是一个突然之间爆发的事,都有一个缓慢的形成过程的。还有一个叫狗样年华的网友评论说,他实在搞不明白,不管什么主题,几句话就能表达清楚的观点,干吗非要码一万多字来说?这不是瞎耽误工夫吗?我在这里郑重表示:超过两千字的文章,我都不读。网友留言不多,这两条应该是比较有代表性的。怎么样,Z,你是继续读小说,还是先回答这两个网友的问题?

Z:我要先把小说读完,这样才方便我们讨论,对吧?而且,我不认为我的小说就是教育主题,或者说,我也不认为小说非得有一个主题,即便小说有一个主题,也不代表这个小说就得被这个主题给束缚住。哈哈,像一段绕口令。闲言少叙,咱们书归正传,花开两朵,咱们先表一枝。先表哪一枝呢?

L：你怎么改说书先生了。不过中国最早的白话小说，就是从说书先生那儿来的，叫话本。西方的史诗也是唱诗人口口相传的。说到这里，我忽然想起来，不管是中国勾栏瓦肆里的话本还是西方的史诗，倒是跟Z今天的一个观点很一致，那就是作品是可以无限创作下去的，文本并没有终结性。比方说，说书人就经常根据观众的现场反应修改情节。不只是古典的，现代叙事里很多也是如此。比如很多美剧、韩剧，跟中国的电视剧不一样，并不是全部拍完了再播，而是一边拍一边播，很多情节也常常参考观众的意见而修改。有时候本来是主角的，不出彩，观众不喜欢，没几集死了；配角的人物形象特别出彩，慢慢变成主角。Z，你今天真是提出了一个很重要的问题，这个问题既有古典性，又有现代意义，只不过我们此前确实没有充分关注。有意思。

Z：哈哈，既然话题扯到这儿了，我也先说两句，刚才那一枝花再等等。这些年，写作之余我也看了点文学理论，都是随便翻的。我知道有一种理论认为，作家写完了，文本就不受作家控制了，剩下是读者、评论家的事。

叙事概要

或者说，读者和评论家一定程度上参与了文本的创作。我不是很赞同这种观点，读者和评论家只是参与了作品的接受和阐释，甚至是再生，但绝不是原文本的创作。就闲扯到这儿，回到咱们的那枝花儿上，继续读小说：

> 我睡了个长长的觉，醒来时发现自己在一个笼子里。我以为仍在梦中，就闭上眼睛，再次睁开，这次，我看见除了笼子，还有一张脸。愣了一下之后，我终于认出了，他是昨晚马戏团的耍猴人。而我，则置身于那个装猴子的笼子。一定是有什么东西搞错了，只是我想不明白。那个人的左眼有一道疤，贯穿上下眼皮，每次闭眼的时候就形成了一个十字。他丢了一个烂苹果和一根玉米进来，这么差的东西，我可不吃。我又给他丢了出去。疤眼人很惊讶，说了声：我靠，这小东西今天邪门了。虽然我年纪不大，但我知道这句话的意思。现在，我无暇思考更多的事，因为我憋了一泡尿。我想上厕所，这件事占据了我全部的注意力。我大声说，让我出去，我想上厕所。当我说第二遍的时候，才发现自己的声音变成了一种吱吱声。接着，疤眼的鞭子狠狠地抽了一下笼子，虽然有钢筋拦着，但鞭子梢仍然扫到了我的胳膊，一阵火辣辣的疼。

这时，我看见胳膊、手、腿和身体里，都长满了毛。

我变成了一只猴子。不，不是我变成了一只猴子，而是我钻进了这只猴子的身体。这时，我想起了昨晚停电时黑暗中的那双眼睛。我掉进它的眼睛里了。一小阵惘然之后，我突然觉得有点高兴。如果我是一只猴子的话，我就不用去上那么多辅导班，做那么多作业了。这的确是一件难得的好事。而且，如果我以后的任务只是学猴子，去做算术题，那些题目对我来说真是太简单了，so easy。猴子万岁，孙悟空万岁。哈哈，我最喜欢的一个形象就是孙悟空。在我们家，我觉得我妈就是唐僧加上如来佛，我爸就是猪八戒加上沙和尚。

L：Z，到这里，我想对于专业的读者来说，已经看到了你和前辈作家的关系了。这是一个不标准的变形故事，为什么说不标准呢，因为小玥的身体没有变，而是灵魂转移到了猴子身上。不管是在古典叙事里，还是在现代叙事里，变形故事都有很多，这是一种很常见的写作手法。

Z：是，正如我前面讨论时所说的，我们已经玩不出花样了，只能借前辈的招数。你刚才提到古典叙事和现代叙事里都有变形故事，但不知道你是否注意过他们二者的区别。在古典叙事里，变形必须有足够的缘由才行，比如蒲松龄的短篇名著《促织》，那个少年变成了蟋蟀，原因是当时自上而下的斗蟋蟀之风，"宫中尚促织之戏，岁征民间"。什么东西，皇上一喜欢就麻烦了。后来成名的儿子变成了蟋蟀，这个变形的原因很明确。其他的古典叙事里的变形同样有着明确的因由，可能是苛政逼的，可能是干了坏事遭受报应，可能是被诅咒了，或者像青蛙王子那样被施了魔法了。但在现代叙事这里，变形是没有任何缘由的，格里高尔为什么变成一只甲虫？卡夫卡可从来没给他任何理由。所谓的异化之类的，是后世的批评家们说的，在文本里，你看不到任何变形的原因。古典叙事和现代叙事在变形这儿，还有一个重要的不同，就是变形之后的态度。还拿格里高尔来说，一个人变成了一只甲虫，这要是在古典叙事里，人们必定会表示惊讶、不解，可卡夫卡却从来不写这一点，这跟他毫无根由地把人变成甲虫是一脉相承的，就是说，如果变形可以毫无缘由，那变形就不值得任何惊诧。

L：有意思，你这个说法我还真是第一次听说。那我不免想问，《悃然记》里小玥变成猴子，是属于哪种？

Z：吊诡的是，现在我就落入自我阐释的套路上了。但这个问题也可说一下，我觉得小玥的变形处在"半卡不卡"的状态，也就是变形有原因，变后不惊讶。好，我继续读：

  我自由了，我解放了。从此我可以每天做最简单的算术题，顶多再骑骑自行车，钻钻火圈就可以了。接下来的几天，我跟着马戏团转战附近的几个村子。马戏团的节目其实就那几个，顶多是顺序换一下而已。我发现，这里除了吃的比较糟之外，其他的真是越来越好。自从我把尿尿在了笼子里之后，就不再纠结于做人的那些习惯了。我现在是只猴子，可以随地大小便，可以不搭理任何人。

  第一天表演，平时那只猴子用五分钟才能算出来的数学题，我两秒钟就写出了答案。而且，我写的数字工整标准，十分漂亮。观众都惊讶得疯了一样，疤眼也是，他眼皮上那个十字，因为笑时眯眼眯得厉害，看起来像一个我在寺院里看到的卍字符。从那天起，他给我的食物变好了，能有还算新鲜的水果和玉米吃。

  很快，他们给我出的算术题越来越难，甚至超过了一百的连加连减。绝大部分,我都能做对。我成了马戏团的明星。又过了一个星期,一只猴子能做数学题的事,上了当地的新闻,还有人拍了视频传到网上。我和疤眼被请到一个达人秀节目去表演。那天,疤眼为了一鸣惊人,在表演完正常的算术之后,竟然说我还能做乘法和除法。其实我只能算简单的二乘三、三乘四而已,这还是我妈给我报的辅导班里学的。那天摄影棚的灯特别亮,很热,候场的时候我就快中暑了,表演完了整只猴都晕乎乎的,对着小黑板上的数学题抓耳挠腮,完全算不出来。最后,我们被淘汰了。

回到马戏团,疤眼很不高兴,倒是没有打我,对着我做了半天思想工作。他说:小东西,我知道你会做这些题,对吧?咱们可就靠你呢,你一定得争气。今天又有一个节目联系我了,还是让你去做题。你再算个加减法,已经没人惊讶了,咱们必须得算乘法除法,这才能吸引人。

接着,他开始像培训班里的老师一样,不停地训练我做乘法和除法。他拿了一筐西红柿,说有三十个,分给五个人,每人多少个?我写六个。他很兴奋。他又说,七个人,每人有三个老婆,一共有多少个老婆?我说写二十个。他大怒,怎么丢了个老婆?再不好好算,我就把你生吃猴脑了。我赶紧改过来,二十一个。疤眼又把眼皮笑成了卍字。经过一段时间的培训,我已经能算简单的乘除法了。但是这条路没有尽头,疤眼和马戏团的人并不满足,层层加码,不断地提高我表演的难度。数学这个东西,不管怎么培训,我又不是天才,也超出不了太多。他们还教我写英语,教我画画,教我唱歌,教我玩魔方。我的课程,比当猴子之前还要多。

我受不了,开始消极怠工,再表演的时候,连一加一等于二都算错。疤眼开始虐待我,用鞭子抽,不给我吃的。我的喊声、哭声都只有吱吱叫。现在我后悔极了,我不想当猴子了,可是我也不知道该怎么变回人。

我有点累了,我只以为写作累人,没想到朗读更累,缺氧,气不够。L,这样好了,你来读一部分,我喘口气。

L:也好,那我替Z来读一段,你喝口水,随时准备回到工作岗位,哈哈。到哪儿了?哦,这里,好像叙述者又换成小玥爸爸了:

叙事概要

就这样,孩子一夜之间就成了呆子。除了呆滞,查不出其他任何病症,找不到任何原因。我们跑遍了北京的各大医院,最后只能失望地回家。世界彻底改变了,从此之后,这个家再也没有幸福可言了。但是我和老婆总觉得还有希望,如果孩子能一夜之间变成这样,说不定也会一夜之间变回来呢?到现在为止,我们仍然不相信自己遇到了这么悲惨的事。我们给家里装了摄像头,能24小时看到小玥的情况,我尽最大努力提供各种新鲜的食物给她,看她对什么有反应。经过一段时间的测试,我们渐渐总结出,就食物来说,她喜欢吃素食,主要是水果类。还有就是,如果电视里播放和猴子有关的节目,她的眼睛会放出光来。确定了这件事之后,我忽然想起在老家的那个马戏团。那天晚上她们去看马戏,我没去,跟几个老家的村里人打牌。后来我听说,马戏团里有一只猴子。

一个不可思议的想法开始在我心里生根:小玥的病,会不会和那个马戏团、那只猴子有关?我把这事跟老婆说了,她目瞪口呆。确实,一个正常的人怎么可能相信这种说法呢?但是我们实在是走投无路了,觉得哪怕有一丝一毫的希望都不应放弃,于是带着小玥,连夜开车回到老家。老人们的难过就不去说了,是个人都能想到。我们四处打问那个马戏团的情况，很快了解到，马戏团里的确有一只极其聪明的猴子，会算算数，会画画，会干各种事。我们也知道了和那只猴子有关的电视节目，赶紧到网上找来看，说实话，这段时间因为小玥的病，我和妻子一点都没关注网上的事。

越看越心惊，当妻子看到猴子画的一幅极其简单的画时，号啕大哭。她清清楚楚地记得，那是小玥画过的画。没错了，孩子的魂儿被那只猴子掳走了。我们必须尽快找到那个马戏团。好在这个马戏团因为猴子的事上了电视，网上也有人传不少视频，不算难找。大概三天后，我们就在邻省的一个小镇上找到了他们。但是，那只猴子已经不在马戏团了。那个驯猴的疤眼在收了我五百块钱后说，几天前，他们把那只猴子卖给了北京的动物园，这事还是电视台的主持人牵线搭桥办成的。那只猴子已经不会表演了，他说，怎么打都没用。她不会画画，不会做算术，也不会写英语了。真是造化弄人，猴子被送到北京的那天，恰好是我和妻子从北京回老家的那天。

Z：好，谢谢L，你自己可能都没发现，你朗读的时候,也会不自觉地改动原文。

L:啊,有吗?不会,那只是口误。

Z:不是口误,也许是你的无意识,也许是你的意识训练出来的无意识。不过没关系,你的改动都是细枝末节,我接着来把最后一部分读完。哈哈,直播间里好像已经没什么人了,只有两个在一直坚持。

　　动物园我来过那么多回,但都是来玩儿的,没想到,这一次竟然是作为一只猴子到这里。我觉得自己这段时间成长了许多,我得想办法逃回去,找到我的身体。我现在不喜欢浑身毛茸茸的样子了,不能再穿花裙子,不能戴发卡,太丑了。还不能洗澡,身上长满了咬人的虱子。

　　我在动物园待的几天,是最舒服的几天,没有人逼着我表演,没有人虐待我。就是待在笼子里,每天有人给吃的,好舒服啊。我又有点不太想变回去了。直到前天,我正在笼子里的一根树枝上晒太阳——这段时间,我越来越适应猴子的身体了,上树翻跟头,都灵活得很。如果现在考体育,我肯定能拿满分——我一瞥眼,看见了小学同学何景熙。她是我的前桌,长得比我高,学习比我好,钢琴八级,芭蕾舞上过春晚,总之是我最佩服又最妒忌的人。她穿着一条兰花裙子,吃着冰淇淋,在逛动物园。我看得清清楚楚,她就站在笼子外面。我一下跳过去,冲她招手。她很吃惊,也跟我招手。游客们都围过来看。我在玻璃上写:我是小玥。可惜他们一个人都没认出来。很快,何景熙就对我没兴趣了,我真想这时候有块小黑板,有支粉笔,这样我一定能让所有人大吃一惊的。可惜,她和其他人已经走远了。

就是从这天起,我决定不待在动物园,我要出去。以前那些我讨厌的汽车啊,大楼啊什么的,现在都成了吸引我的事物,还有好吃的东西,还有小伙伴们。我心里慢慢形成了一个大计划,它来源于我看过的一个动画片,啥名字不记得了。

这天夜里,我偷偷爬出了笼子——毕竟,我是人,不是猴子,我比猴子可聪明多了。我逃出之后,还悄悄地把绝大部分动物都放了出来,除了老虎狮子,我不太确定它们会不会咬我。第二天一大早,羚羊、斑马、犀牛、大象、长颈鹿、猴子们,全都涌上了北京的街头。我也在动物群中。

叙事概要

满大街的汽车都停住，人们惊讶得说不出话，纷纷掏出手机来拍照、录视频。我相信，这可是全世界都没有过的神奇景观。一群动物，先是浩浩荡荡地在马路上行进了一会儿，很快就四散开来，跑向北京的大街小巷。

我在停滞的车流里，从一个车顶跳到另一个车顶，向家的方向跑去。

在小区外的天桥上，我看到了自己和爸爸妈妈。他们昨晚刚从老家赶回来，一大早，本来就要去动物园的，刚起床就听说动物园的动物全都跑出来了。他们急匆匆出门，在天桥上碰见了我。我以最快的速度冲向小玥的身体，但我没撞，那毕竟是我的身体。就在擦肩而过的一瞬间，我感觉自己恍惚了一下。然后，我看见一只猴子，从天桥上跌落了。紧接着是急刹车和车辆撞击声。我跑向栏杆，向下看，那只猴子已经血肉模糊，脑浆迸裂。紧随着我的，是爸爸和妈妈，他们以为我也要跳下去，拼命拉住我。

爸爸，妈妈，那只猴子死得好惨啊。我说。

爸爸和妈妈先是愣了一下，两个人不太相信地互相看了看，接着紧紧地抱住了我，号啕大哭起来。一边哭，一边亲吻我：小玥，小玥，小玥，你可回来了小玥。

好了,就读到这儿吧,这是整个故事的核心部分,接下来的结尾,我就不读了。结尾大致意思就是,老周听了老黄讲的他前同事说的一个故事,两人抽完一整盒烟,都打着哈欠,困得不行。这时,一辆120闪着红灯停在了门口,一群穿着防护服的医生下车说,他们要进小区。老周和保安老黄立刻后背出汗,清醒了,问怎么回事。防护服说,别紧张,小区里今天回来一家人,是刚刚确诊的一名新冠患者的密切接触者,疾控中心要把他们带到隔离点集中隔离。这时,社区的工作人员也匆匆赶来,确认了这件事,老黄抬杆,他们就开着120进去了。老周和老黄目送着他们进小区,两个人此刻都无比清醒,这时忽然看见对方的脸,然后各自向后跳了一步。他们此时才发现,竟然都没有戴口罩。口罩似乎在吸烟的时候摘掉了,再也没戴上。老黄迅速回到保安岗亭,老周则从口袋里掏出备用口罩,火速戴上。完了,小说结束了。

L:好的,各位读者各位朋友,刚刚我们对Z的小说《惘然记》做了一个讨论,我们的对谈里,涉及很多叙事方面的问题,限于时间,限于直播的形式,没法展开讨论了。今天的直播，大概一半的时间用在朗读故事上了，这与我们开研讨会或者一般的线下分享有点儿不同，不过我觉得也很好。阅读和倾听，有时比谈论更有效。

Z：谢谢L，谢谢你没有像那两个家伙一样放我鸽子，跟我完成了这场对谈。我的小说叫《惘然记》，我感觉刚才的一个多小时也是惘然得很，仿佛是我变成猴子的一个多小时，在做有关小说叙事的算术题、画画、讲故事。现在我醒过来了，我回到自己的身体里了。好，就这样，谢谢大家。

恍惚概要

叙事概要

整个2020年的春天,人们都被病毒关在家里。除了每天必要的通风,他们几乎是彻底把自己封存起来,像冬眠的动物,或者缩在蛹里等着破茧而出的蚕。可以预见,在以后许多年的生活中,只要一想起这个春天,他们的耳朵里响起的第一个音节都是"咔嗒"——锁簧被钥匙咬开的呻吟声。日复一日,他们昏昏沉沉地睡去,再迷迷糊糊地醒来,透过尘迹斑驳的窗玻璃,眼瞅着外面的树一点一点从枯黄变得嫩绿,再变得郁郁葱葱、鸟鸣蝉噪。

仲春之后,疫情稍解,人们终于渐渐醒过来,先是窸窸窣窣地下楼,继而走出小区,在附近的公园里伸胳膊蹬腿。最先醒的是孩子,他们早就憋坏了,天天求大人带他们出门,玩水挖沙子捉小蜗牛,骑滑板车在公园的小路上飞驰,干什么都行。

长久的穴居生活,让人的时空感受发生了隐秘而轻微的改变,那是一种不易察觉的,甚至有点愉悦的眩晕感。

贺云也如此。

尽管此刻已是深秋,偶尔想起春天的时光,恍惚仍然是他最主要的感受。首先是人们都戴着口罩,仿佛这个世界的一半都因此消失,他只能看见躲闪、戒备的眼睛。这种情形下遇见的人和事,都像是在梦中,一个真切得让人疲惫厌倦的梦,一个找不到缘由的梦。其次呢,是夏天刚刚过完,他就搬家了,离开了住了七年的老旧小区。新租住的房子附近都是高楼大厦,临着四环,晚上睡觉时,喧嚣的汽车声如荡漾在头顶的水,覆盖着他的全部感官。他总觉得身下的床在微微颠簸、旋转。多年前,从老家去学校要坐长途卧铺车,车在深夜的盘山路上左摇右晃,就是这种感觉。但只过了一周,他就习惯了新家的一切,再想起旧居时,印象竟然模糊了。新搬去的那家人,还好心地拍了照片发给他,房子还是那个小房子,家具也基本上没变,可看起来像从未在那里待过一样。人其实没自己想象得那么恋旧,对过去的记忆总会被新发生的事覆盖甚至替换,像地壳,不管深层里埋着什么样的石头、矿物,人们都只看见表面的浮尘和枯叶。那才是人对生活最主要的感知。

中秋节前一周,他带孩子去旧居附近的公园上最后一节轮滑课。课还是疫情之前报的,也因为疫情的关系,六月末才开始学,学到一半,北京新发地疫情暴发,又停了一个月。八月终于正常开课,连着上了几次,搬家时还剩最后一节。他的想法是不上了,孩子已经掌握动作要领,滑得还不错,没必要再去上一节。但孩子妈妈不同意,说我们交了钱的,又不给退,凭什么不上?他从来没有她这种毫无顾忌的笃定,遇到什么事,他都是能将就绝不强求。于是说,好,那就上,反正也不远,骑电动车都用不了二十分钟。

下午四点钟的太阳,完全没有秋老虎的样子,倒像一只毛发光洁的猫,明亮温驯。儿子晓晓穿好装备,很快跟着教练和几个小伙伴滑起来。他们像一群贴地飞行的燕子,穿梭在公园的水泥小路上,轻盈迅捷。晓晓在队伍的前面,速度很快,猫着腰,嗖的一声从他身边滑过,带起的秋风让他的脸有了几秒水洗般的凉爽感。他突然想抽支烟,刚把烟盒掏出来,晓晓又一次从他身边疾驰而过。望着晓晓的身影,他走到不远处大树下的一个长椅坐下,粗壮的树干挡住了他大半个身子。晓晓不喜欢烟味,他曾答应他尽量少抽烟的,所以,还是别让儿子看见得好。

他点好烟,救命般地深吸了一口,阳光把他喷出的烟雾打上了一层光晕。吸烟和暖阳都让他放松,发福的身体不自觉地沿着椅背向下瘫了几厘米,到了一个相对舒服的位置,停了下来。烟抽完,他很快陷入恍惚中。正缥缈绵着,猛然一惊,春天的奇特遭遇瞬间从记忆里跳脱出来。那真是他四十年生活中经历过的最诡异的事,连电影电视里都没听过、看过,他一度以为那是梦,但不是。

也是这样的天气,也是这张椅子,只不过太阳和微风是春天的。那时候,第一波疫情基本结束,整个京城气氛渐渐松弛下来,小区已开放快递员进出。每天妻子去单位上班,他居家办公,顺便带孩子上网课。午饭后,晓晓休息一小时,大约三点,两个人去小区附近的小公园活动。这是他一天中难得的轻松时刻。

那天和往常一样,晓晓跟小伙伴在沙坑里挖沙子,堆沙堡。旁边一群带孩子的老头老太太,终于不用时时刻刻盯着孩子,便开了小音箱,跳起舞来。昨晚打游戏熬到三点,他有些犯困,躺在长椅上想眯一会儿。

并没有睡着,处在将要入睡但仍然清醒的恍惚阶段。他感到有个高大的影子站在面前,挡住了原本就细细碎碎的阳光,一抬眼,看见一张戴着口罩的脸。他恍然想起,自己刚才见周围人不多,把口罩扯到了下巴位置,赶紧又拉起来,顺势坐直了身子。

贺云?那个人问。

哦,我是,你是……他有点儿蒙。他本来就有点脸盲症,又加上戴口罩,实在认不出是谁。

我是黄耀啊，大学同学。那人说。

他并不确定，但是记得大学确实有个叫黄耀的同学，住隔壁宿舍，喜欢打篮球，个子高得能扣篮。

黄耀见他犹犹豫豫的，果断把口罩摘下，露出整张脸。

那是一张完全陌生的脸，跟记忆中对黄耀的模糊印象对不上——只是，他也不敢说自己的记忆可靠，毕竟已经十五六年没见了，当年也不是朝夕相处。这个人年龄看起来有点儿大，至少比他大，头发浓密乌黑。黄耀不是少白头吗？他记得当年的班级里，自己才是年纪最大的那个。此人唯一和黄耀一致的是身高，贺云站直常年微驼的腰，才到他下巴颏。这说明，许多年过去了，他们的身体要么是一点儿没变，要么是按照一定比例同时变矮了。

黄耀也掏出一盒烟，弹出一根，他很自然地伸过打火机，给他点燃。黄耀坐下，然后，在带着特殊香味的烟雾中，说起共同的同学，说起学校里的老师，说起2003年闹非典的时候他们一起去打篮球，他给了贺云一个大帽，把他扇在地上。很不幸，贺云倒地时碰到了头，造成了轻微的脑震荡。也是黄耀把他背到校医室里看大夫。大夫开了一瓶防眩晕的药，就让他回去了。黄耀还要背他，他实在不好意思，坚持自己走，走得歪歪扭扭，像是一个看不准路的醉汉。

这些事他记得很清楚，黄耀所描述的跟记忆中一模一样。黄耀还说起很多上学时候的事，也全都对得上，除了他的样子，其他一切都严丝合缝，无可怀疑。

聊了一会儿之后，他告诉自己别再去想长得像不像这件事了，这世界总会有些你了解不到的情况，也总有些事儿不在你想象之内。再说，一个人的样子随着时间的变化而面目全非，也不是没可能。所有人都在变，只是自己没注意罢了。有时候，他翻看十几二十年的照片，不是也会对当年的自己产生疑问：那是我吗？

黄耀竟然跟他住同一个小区，也是带女儿出来玩儿的。黄耀指给他看，那是个穿着蓝色艾莎公主裙的小女孩，四岁左右，正把一桶沙子倒在塑料制成的沙漏上。沙漏齿轮转动，细密的沙子滑向沙坑，很快形成一个小小的沙堆。小女孩抬了抬头，他刚好看见她的脸，这张脸和他记忆中的黄耀很像——高颧骨，尖下巴，大眼睛。于是，他心里想，这个人应该就是黄耀。

接下来的聊天主要是黄耀说，他只有听的份儿，既插不上嘴，也因为不少事已印象模糊，无从说起。上大学时，从来不知道黄耀记忆力这么好，每讲起一件往事，他不但记得细节，甚至能把当时的场景完整地复述出来。一开始,黄耀说的人和事他都能想起些许片段,但随着过去浮现得越来越多,他竟然一片空白和茫然了。黄耀说得确凿而肯定,让他甚至怀疑自己脑子出了问题。老年痴呆?怎么可能,家族没有这个遗传,再说自己才刚过四十岁,远不至于。没有人能记得所有事情,不是有科学家说吗,人的记忆都是选择性记忆,你只会记住想记住的事儿。他心里默默安慰了自己几句。

黄耀说起一件当年轰动全校的爱情惨案。黄耀说,有一个体育系喜欢攀岩的男生,为了跟一个美丽的女孩表白,竟然徒手爬上女生宿舍的四楼。体育男孩挂在窗台上,为了显示自己的英武,只用单手扣住窗沿,另一只手挥舞着一束花,大喊"我爱你"。整栋楼的人都吓一跳,不知道什么情况,五楼有人猛地开窗子,碰倒了一个花盆。花盆从身旁坠落时,男孩一恍惚,手松了,直接掉在水泥地上,摔得脑浆迸裂。

他对这件事毫无记忆,只能耸耸肩膀,给出一副听故事的表情。

黄耀摇摇头,说,怎么可能,你跟他追求的那个女孩很熟,你俩在学生会是同一个部门的,还一起主持过迎新活动。经黄耀提醒,他想起了那个女孩,也想起了她的名字,好像叫游弋。但是,她的模样很模糊,似乎——跟美丽不怎么沾边,那应该是个头发很长、个子很小的女孩,永远一副丧丧的表情。听说,她因为从小体弱多病,对什么事都充满悲观。她总是觉得自己活不过三十岁。

自从不再纠结黄耀改变的模样之后,他对那些无法在记忆中找到留存的事儿,也都不在意了。他也开始尝试着说一些自己印象深刻的大学往事,得到了黄耀热烈的回应。两人像所有老同学重逢那样,聊得火热开心,直到孩子们跑过来说饿了,想回家,于是一起回小区。黄耀住在17号楼,他住13号楼,两栋楼之间只隔着一个自行车棚。后来又知道,黄耀站在自家的阳台上,能看见他家的后窗。黄耀说,我经常看见你在厨房做饭呀,颠勺的姿势很专业嘛。他嗯了一声,心里挺不自在的,感觉像是被偷窥了一样。厨房在家里的一个拐角,朝北,通风不好,他做饭时常常把窗子全部打开。自从黄耀说了之后,他就很少开窗了,宁可热得满身汗津津的。后来,他还装了一个简易的窗帘,一进厨房就拉上。

因为他跟妻子也是同学,所以她自然也认识黄耀,继而就认识了黄耀的老婆,两人还成了闺密。有一天晚上,他们两家人一起在附近的饭馆吃饭,回家之后,他问妻子:

"你有没有觉得黄耀变了?"

妻子不明所以,说:

"啥变了?"

"我是说他跟大学时不一样了,你没发现吗?"

妻子想了想,又摇摇头说:

"大学的时候,我跟他也没什么接触,还真记不太清。人总是会变的嘛,这不奇怪。"

他又说:"我怎么都感觉他不是黄耀,或者和当年跟咱们一起念书的黄耀不是一个人。"

"你是不喝多了,还是发烧了?"妻子说着赶紧摸摸他的额头,虚惊一场,不热。还在疫情期间,如果真是发烧,可不是小事情。

北京的管控政策越来越松弛,小区能随便进,不测体温,有时连健康码都不看了。很多演出场所和户内活动也陆续开门营业,一切都在向过去的轨道靠拢。两家人的集体活动越来越多,要么是去看电影,要么是去奥森公园玩水,或者只是在小区外的公园玩玩沙子。又过些日子,两家女人不知道怎么说起和决定的,打算周末去古北水镇,还要在那里住一晚。

两家都没车,黄耀说简单,去租车,这会儿便宜得要死,就租了一个七座车,六个人坐绰绰有余。

不比往年,古北水镇游客不多,挺适合带着孩子随意走走看看。各类店铺门庭冷落,以前热闹的戏台子也空着,景色倒是不错。午后,下起毛毛雨,两个孩子的兴奋劲儿过了,也逛累了,就说直接去旅店吧,饭也在那儿吃。由于定旅馆的时候没细问,住的地方并不在古北水镇,而是在镇子外半山腰建起的一栋民居。小区建在山坡的平缓处,再往下就是土崖,雨雾中远远看去,有点儿世外隐居的意思。小区没有多少住户,见到的人都拖着行李箱,显然是跟他们一样的游客。他们定的房间是个复式,楼上楼下两层,有三个卧室,足够住。

那天晚上,孩子们一起玩,大人就感到放松,点了丰盛的外卖,黄耀还变魔术一样掏出了一瓶赖茅来,说:咱哥俩晚上喝点儿。他平常不太喝酒,但现在是休假,第二天不上班,也没什么操心的事,不喝点儿酒好像说不过去,就说,我酒量浅,只能喝一点儿。他其实酒量还好,只是怕喝醉,一喝醉就断片,第二天醒了头不疼,胃也不难受,就是记不清喝酒之后的一切事。断了几次,他便控制着自己尽量别喝到这一步。

黄昏时,山野水汽氤氲,灯光加重了雾霭霭的感觉,让整个世界显得不够真实。吃过饭,女人们带着孩子睡了,他俩还在喝酒,那瓶酒总也喝不完的样子。其实是他们喝得慢,一小口一小口地抿,后一杯酒还没喝下去,前一杯都快分解掉了,所以始终保持着一种醉而不倒的舒服状态,人就彻底放松下来。夜色深浓时,他们喝到半醉,意外发现从阳台上能直接看见长城,而且,晚上灯亮起来,长城远望如蜿蜒火龙,伏在山脊上。好像就是从这一刻开始,酒下得快了,不过两人都没注意。

黄耀是先醉的。黄耀似乎一直在等这样的机会,开始滔滔不绝讲起自己这些年的生活,平凡中有波澜,挫折里有希望,至少是自以为有希望。黄耀说,大学毕业不久,他就和同级不同班的女友结婚了——你应该认识,就那个不管冬夏,永远穿着裙子和高跟鞋的女孩。她的高跟鞋踩在阶梯教室的台阶上,嗒嗒嗒响,这时整个教室的人都会屏气凝神听着——人他一时半会没想起,但嗒嗒声有印象,清脆响亮。两个人蛮幸运,毕业时工作都找到了福建的一所中学,工资不错,只是辛苦,一周要上六天班。他们毕业就结婚,日子过得平静如水。一年后,老婆有一天回来,突然跟他说要离婚。黄耀有点儿发愣,日子不是过得挺好、挺正常吗,怎么就要离婚?老婆说,就是因为过得太正常了,没有激情。作为中学老师,一切都是按部就班,连穿衣服都有限制,不能烫头发,不能戴首饰,裙子必须过膝,学校的钟声总是定时响起,不论冬夏。家庭生活也没有新鲜感,她撑不住了,不想再这样过下去。

黄耀不想离,老婆也不跟他闹,但从此再没和他讲过一句话。

"是真的一个字都不说,"黄耀耸耸肩说,"就好像她突然成了哑巴。就算是哑巴,也可能支支吾吾、比比画画的,她没有,连个语气词都没有,一个冰冷的机器人。"

几个月后,黄耀知道一切不可挽回,便认了,好在两人还没生孩子,也没买房,住的是学校的周转房,财产对半分掉,手续很快就办好。

"像两个合租的人一起退租了。"黄耀说。

然后,黄耀只身北上,回到了北京,又去财大读了一个市场营销的硕士,毕业后进了中关村一家科技公司,再然后认识了现在的妻子小婉。小婉是他带的一个实习生,比他小五岁,还没转正就转化成了老婆。

这些故事听着也无甚特别,他认识的人里,大都是如此,有的结了,有的离了,有的离了又结。有关黄耀和前妻——也是他们的同学,他想起隐隐约约听过另一个版本,当然是女方的说法,和黄耀讲的不尽相同。他不好判断谁说得更真实,或许,这些事就没有一个所谓的真实,每个讲述者都觉得自己说的才是真的。

说着说着,黄耀变得很伤感,甚至哭起来。

叙事概要

面对一个接近一米九的中年男人的眼泪,他有点儿不知所措。他本就不太会安慰人,何况是一个曾经并不特别熟悉,多年后重新接上头也没多久的同学。除了大学生活和孩子,他俩找不到其他共同语言。黄耀重回北京后的生活,跟他差不多,就是城市里的工薪阶层,收入不多不少,日子不咸不淡。只是,这无法成为他们的谈资。据老婆说,黄耀后来的妻子小婉人很好,相当能干,而且上进,现在在一家大型培训机构做财务,最近想晋升为注册会计师,正准备考会计证。他不知道黄耀到底经历过什么糟心事,就刚才所谈,似乎不至于如此难过,但你总不能让一个悲伤的人去证明他的悲伤吧?

他沉默还有一个更主要的原因,在来之前的一天,大学班级群里有人发了一张照片。照片上有四个人,在酒桌前举着杯,一脸中年人的疲惫和笑意。发照片的同学留言说:十年后再到北京,见到了同宿舍的兄弟黄耀、浩东、老何,真是开心。那张照片上并没有黄耀,或者说,并没有他眼前的这个黄耀。他们同学群一直都不太活跃,除了有人需要打榜、投票或者拼多多砍一刀,几乎从没人说话。这张照片放出来,也无人跟进留言,连被点名的三个人都没有。他进群名单里查了查,发现通讯录里并无黄耀这个人,他压根儿就没加入同学群。

望着眼前那张哭泣的胖脸，他脑海里仍浮现着那张照片。其他的三个人在他脑海里都清晰明确，甚至能想起他们脸上的某颗痣，只有黄耀——也不是，照片上的黄耀和他印象里的黄耀很像，虽然沧桑发福了点儿，但高颧骨、尖下巴、大眼睛一切如昨。

他把那张照片保存下来，心里一直揣着疑问，想问问黄耀到底怎么回事。

问题是，黄耀现在喝醉了，还在哭，这会儿拿出来给他看，他又能说什么呢？而没喝酒的时候，他又不是很有勇气这么干。你怎么能当着一个人的面，问他是不是他自己呢？如果有人这么问他，他肯定会崩溃的。

算了，不管眼前的这个黄耀是哪个次元的，他哭得如此伤心，而且是一种醉酒后的伤心，他不能无动于衷。对两个男人来说，唯一的安慰也只能是再次把酒杯倒满，递给他，说：都在酒里了。

黄耀喝掉酒，抹了一把脸说：那年的8月，天奇热无比，你和几个人从学校里跑出来，去爬一座小山。

哪年？你说的是大学时候吗？

1998，你高二，就是发洪水那年嘛。

我们……你……怎么可能……他开始语无伦次，黄耀是他大学同学，但绝对不是他高中同学，怎么可能知道

1998年的事儿？问题是，此前他说起的很多大学往事，有的他能记起，有的完全没有印象，但高中时的这件事，他记忆犹新。

"那的确是个极其闷热的夏天，在北方，夏日会炎热，但很少如此湿闷。三天的闷热酝酿了一场大暴雨。暴雨来临之前，忽然有一阵风吹过小镇高中，那阵风真是清凉极了。他们在教室里刷数学题，风把卷子吹起，哗啦啦的声响让所有人都蠢蠢欲动。几个男生果断地放下笔，跑出了教室。天空上有一层厚厚的积雨云，地面的热气蒸腾着，校园里因为比教室空间大，风反而显得小了，闷热加上蝉烦躁的鸣叫，让他们想立刻退回教室。这时有人提议说，上学校后面的小山吧，山顶上一定特别凉快。没有应答，你们几个人直接跑了起来。"

——到此为止，黄耀所叙述的都和他的记忆一致——他们到了山半腰，大雨就下起来了，天地一片混沌。几个人气喘吁吁地站下，对继续爬上去还是下山回学校犹豫不决。他的记忆和黄耀的讲述，就是从这一刻分道扬镳的。

"你说，不能半途而废，反正已全身湿透，一定要跑上山顶。他们都有点儿下不了决心，你又说了一句：你们见过山顶的雨吗？所有人都摇摇头。那还等什么，冲啊。你第一个跑起来，然后他们也跑起来。在狂暴的雨中，山路泥泞不堪,你们随时摔倒,滚得满身泥浆,但站起来后雨水很快又能把身体冲刷干净。你们大喊大叫,仿佛要跟雷声和雨声叫板。

"但是你们并没能到达山顶,功亏一篑,被一块巨石挡在了一百米处。那块巨石像是飞来的,不知怎么就到了这里。你们不可能绕过它,也没法爬上去越过,不免有些沮丧。这时雨小了些,但仍让人难以睁开双眼。有人提议原路返回,他的鞋子已经快掉底儿了。你又提出了反对意见,你说应该找另一条路回去。还有其他的路?他们问。有,你回答。其实你并不知道其他的路,但你心里想,这个世界上的每条路都会有一条其他的路,何况是这样一个对镇子上的人来说公园一样熟悉的小山,其他的路肯定不止一条。

"于是,你带着大家从左侧向下攀爬,有时候甚至就是滑动和翻滚,像几个土豆。"

黄耀讲到这里,忽然没有了任何醉态,整个人显得冷静而又有些平静。他却感到酒劲儿起来了,心也有些发慌,好像黄耀正准备揭开一个无比可怕的秘密,好像他隐藏了什么见不得人的东西,而他对此一无所知。

"李宜春。"黄耀说。

"李宜春?"

"你不会说不记得了吧?"

这个名字有点儿熟悉,但他一时真的想不起来具体是谁,便没说话。

"死在洪水中的那个,记起了吧?"

他打了个寒战,一个被石块撞击得到处是伤口、被洪水泡得发胀如橡胶的身体立刻浮现在脑海。他记起来了,不只是记起了这个人,还有无数细节洪流一样从记忆中向外涌。李宜春被洪水冲走,一直到山脚下的浅滩处,卡在一棵歪脖子树上,人们第二天才发现他的尸体。他不敢再细想下去。

黄耀看着他,眼神仿佛在说:你还有什么可狡辩的?

他没有狡辩,更主要的是,李宜春的死只是个意外,和他有什么关系呢?

"他被抬到学校的时候,你偷偷趴在教室的窗口看,不敢下楼。"

"咱们有点儿喝多了。"他欠欠身,想把桌子上的酒瓶子和杯子收起来,回去睡觉。

"是你提议冒雨登山的。"

"太晚了,你也早点儿睡,明天咱们回城不能太晚,有可能堵车。"

"也是你要找其他的路的,你说总会有另一条路。"

"我得去看看,我们家那小子睡觉爱蹬被子,空调开着呢,可别给吹感冒了。"

"世界上的路,并不是都有其他路的,有时候,连一条路都没有。"

黄耀喝多了,他不想跟他说话,全是醉话。黄耀拉着他,不让他走,他不敢太挣扎,怕吵醒老婆孩子。就这样,黄耀又絮叨了半个小时,他怀着戒备,好应对黄耀突然又暴出个什么秘密。好在黄耀这回说的都是自己的事,他也就听着,没有细想其中到底有什么关联。

困意加酒意,让他的眼睛缓缓合了起来,他隐约地听到黄耀的声音,和他拉着自己手臂的感觉,而这些感觉越来越模糊……

这时,他听见有人喊:爸爸,爸爸。声音里透着急切的哭腔,他心头一震,赶紧起身向声音跑过去。半路上,他被什么东西绊倒,摔了一下。等他匆忙爬起来,一抬眼,就看见了晓晓在沙坑那里,举着断成两截的小铲子在哭。

他冲过去,问咋回事。晓晓说,他跟旁边的一个小哥哥吵架了,小哥哥就把他的铲子弄坏了。他一通安抚,但儿子始终平复不了情绪,最后,他在口袋里找到一个不知

叙事概要

道放了多久的棒棒糖,给晓晓叼在嘴里,他才啜泣着慢慢安静下来。

他抱着晓晓到旁边的长椅上,让他好好坐着吃。头有点儿晕,是宿醉后的感觉,他揉了揉太阳穴。不远处的小广场上,跳舞的老人们终于停了下来,《小苹果》的旋律还在继续,他们松开彼此的手,依依不舍地相约着明天同一时间再见。

一个老头哼着歌朝他们这个方向走过来。

他看见了他的脸,忍不住啊了一声。

那是一张似曾相识的脸,他揉了揉眼睛,再仔细看,终于确认了那是黄耀的脸。

不,那是至少二十年后的黄耀的脸。他才恍然发现,自己此刻在小区外的公园里。秋天的阳光温暖和煦,草木贪婪着它的今日最后的照拂。

"黄耀?"

他试探着喊了一声。老人真的停了脚步,扭过头来。

"你是……黄耀?"

老人一脸茫然,但表情能看出来,他确实叫黄耀,只是不认识他。

"我能跟您说几句话吗?"

老人沉默了几秒钟后,说:"什么事?"

没等他开口,晓晓说:"爸爸,我饿了。"棒棒糖已经被他嚼碎吃光,只剩下嘴里一根细小的塑料棍儿,嵌在不久前掉的一颗牙齿留下的缝隙里。

他看了看时间,已经下午五点,的确该回去吃晚饭了,晓晓一会儿还有个网课得上。

"抱歉,"他跟老人说,"能留您一个联系方式吗?我今天时间有点儿紧张,得赶紧回去,我再给您打电话,我请您吃饭,怎么样?"

"你到底什么事?咱们不认识吧?"老人没答应他。

"应该说……我碰巧知道了些您过去的一些事,我觉得有必要跟您说说,那些也许你都忘了的事。"

老人神情有些恍惚,拍拍脑袋,说:"哎,我记性的确是越来越差了,医生说我有老年痴呆的征兆了。你是知道我什么重要的事,还是什么秘密?"

他摇摇头,说:"也不是,就是一段往事,您听听,没坏处。"

老人犹豫了一下,最终还是给了他电话,让他再联系。临走,他还补了一句:用电话号码就能加我微信。

一个人影快速地冲向他,就在快要撞到的时候,猛然刹住,停在了身前几十厘米处。是滑轮滑的晓晓,他下课了。眼前有微弱的光芒闪过,他从有关春天和春天发生的那件奇异之事中缓过神来。

哦,此刻是秋天。

爸爸,我饿了。儿子大喘着气说。他渐渐看清他脸上细密的汗珠,抬手给他擦了擦。那种接触到亲人肌肤的感觉,让他心里一暖,确定此刻并不是梦境,是真实的。

我饿了。儿子又说了一句。他赶紧说,好,马上带你去吃饭。这句话让他立刻想起,自己后来并没有给那个老人打电话,甚至也没他的微信。和老人有关的事,在被遗忘了近一个月之后,忽然间翻涌着要冲出他的嘴。他马上拿出手机,在备忘中找到老人的电话号码,加上微信。

那天晚上十点多,好友申请才通过。他赶快发信息,说自己是在公园遇见的那个人,想跟他说一个往事的那个人。问他哪天有时间,请他吃饭,边吃边聊。过了很久,对方才回了一段语音,说:好的,周六,就在地铁站附近的烤鱼店。

剩下的几天里,他都对这次见面充满不安的期待,因为要讲述老人过去的经历。"这经历是他自己讲给我的,现在我要还给他,把那个年轻的黄耀说的话,还给一个年老的黄耀。"

周六下午五点半,他们如约见面。他点了一条五香口味的烤鱼，要了两瓶啤酒。黄耀摆摆手，说不能喝，痛风很多年了，海鲜啤酒一点不敢碰。他便让服务员给他倒了杯开水。

鱼的味道不错，黄耀的胃口也很好，他吃得不多，几乎前半个小时都在跟那个没什么东西的鱼头较劲，主要是想不好怎么开始。等黄耀终于吃饱了，眼神里显出因为血液集中在胃里而大脑缺氧的发呆神情时，他问：你还记得你前妻吗？老人一下坐直了身体，眼睛瞪大，盯着他说：你……认识……是她让你找我的？

他摇摇头，说，不是，如果我说是你自己，你信吗？

老人当然不信，他自己都不信。但故事已经开始，他必须坚持讲下去，于是，他把那个晚上黄耀后来讲给他的事，一字不差地重复了一遍。

老人越听越惊讶，没等他说完，就插嘴问：这些你是怎么知道的？你见过小雅？

他说没有，是你自己告诉我的。我说的这些你都有印象？

废话，我自己的事我当然记得。老人疑惑中带着些许愤怒，他或许觉得自己碰到了一个故意玩弄他的人，恶作剧。他能感觉到，老人在一边压制一边释放自己的愤怒，至于二者的比例，他心里掌握着一个小小的开关，可以随意滑动。

那我说一件你可能不记得的事吧。他说。

老人心里的小开关停住了,不再滑动,脸上的表情是你爱讲不讲,但掩饰不住一丝希望听的表情。

"先问个问题,古北水镇,去过吗?"

老人摇摇头,说:我听说过这个地方,可从没去过,怎么了,和这儿有什么关系?

咱们一起去过那儿,咱俩还喝了大半夜酒,你都哭了,跟我说了好多自己的事。

老人对此毫无印象,愣了一下,突然笑起来:你到底想干啥?

"其实,咱俩是大学同学,你前妻小雅也是咱们同学。你俩毕业后去了福建厦门,在一个中学里教书,后来你俩离婚了。你又回到北京,读研究生,毕业后重组家庭。你有个女儿,叫小豆子。"

老人更加发愣,是那种惊讶的愣。他知道,自己说的这些情况都对得上。

"可是……我至少比你大二十岁吧?"老人说。

"这事我也说不清楚,读大学的时候,你比我还小两岁呢。打篮球,你把我一个大帽扇在地上,摔得我脑震荡了都。"

"我想起来了,"老人突然激动地说,"我想起来了,打篮球的事、古北水的事儿,我都想起来了。"

"我没说错吧?"

"事情都对,但就一样不对劲儿。"老人说。

"哪儿出问题了?"

"你。"老人指了指他,继续说,"问题就是你。你刚才说的那些事,全都对,一点儿不差,但是你不是我同学贺云。贺云是河南人,讲话有河南口音,我记得清清楚楚。那天从医院回去,为了表示歉意,我还请他在学校的第三食堂吃了羊肉烩面。他说那里的烩面特别地道,跟他老家的一个味儿。"

他没说话,老人继续道:"我的确有十几年没见贺云了,但是他的样子我可忘不掉,跟你长得完全不同。他今年春天退休,还招呼我去他家玩呢。这是他照片,你看。"

老人打开手机,翻出一张照片:贺云戴着凉帽,站在一块石头旁,胸前挂着个单反,一只手指向远处。只是张侧脸,但很明显,那是一个跟他样貌迥异的老人。

"巧了啊,"他说,"跟我讲你这些事儿的黄耀,也跟我印象里的同学黄耀不一样。"

"所以呢?"老人专拣烤鱼里面的芹菜吃,一根一根夹起来，放在米饭上。

"你听过平行宇宙这种说法吗？"

"这个词……从网上看到过，但一直不明白到底是怎么个意思。"

"就是说，有些人认为我们生活的宇宙只是三维空间，而宇宙本身还存在着四维、五维甚至更多维度，只不过作为三维动物，人类既感觉不到，也很难理解。在其他维度里，可能存在着和我们完全一样的人，是完全一样，但未必处在同一年龄。有时候呢，这些维度会由于奇特的原因出现某种虫洞，也就是空间的变异，一些人和事就从这个洞里落到另一个维度上。比如从四维空间落入三维空间，类似这种。"

"就像是天花板有个洞，上面的老鼠突然掉到了饭桌上？"

"呃，也可以这么理解。其实我自己也不是很懂这种高深的理论，因为我见到了年轻的黄耀，你又碰见了老年的我，我就想，总得有点什么缘由或逻辑才说得通。"

老人哈哈笑起来，说："我这个年纪的贺云，才不会这么想，也不会在乎这些事的。"

"你就不好奇吗？"

老人摇摇头，说："好奇，但是我不会去刨根问底。

你想想，这些年来你执着去问的东西，都找到答案了？即便找到，那个答案是你想要的吗？"

这话他还真没法接。烤鱼的上面已经被吃得七零八落，裸露着鱼骨。托盘底下的酒精炉，火还比较旺，烧得鱼和菜都有些焦煳味。他用筷子翻了翻，立刻看到鱼黑焦的另一面，然后是一阵热气蒸腾起来。

一抬头，发现对面的黄耀像幻灯片一样，从年老到年轻，从他认识的那个到他不认识的那个，走马灯一样不停地闪烁变幻着。一切都恍惚起来，仿佛醉酒后产生的轻微幻觉，又像是梦做到深处被突然惊醒。

后来，他在同学群里问，谁最近见过黄耀？第一个回复他的是个网名：光熙。他翻了翻资料，除了知道是个男同学，看不出其他情况。就问，你啥时候见的？能不能把他联系方式给我一下。

光熙说：我正跟他在一起，亲密无间。

他说：太好了，把我电话给他也行，我有点儿事找他。然后他发了号码进群里。

几分钟后，有人打了过来。他接通电话，那头哈哈大笑说：猜猜我是谁？

他说：黄耀？

那边又是一阵大笑,说:贺云,好久不见啊。

你啥时候进的群?他问,我记得之前你不在同学群里的。

跟组织失联太久了,终于找回来了。黄耀说,我今天才加进来的,备注名还没来得及改呢。

他忽然明白了,那个在群里跟他聊天的光熙就是黄耀本人。

什么事,老同学?黄耀说。

也没什么正事,就是昨天在家翻看毕业照片,发现同学里就你一点儿消息没有,这么多年不见,有点儿想念。啥时候再约着一起打球啊。

还想让我给你冒个脑震荡?哈哈,得嘞兄弟,我在开着车呢,咱俩群里加微信,微信上详聊。

他说了句"一定",挂断了电话。

但是后来,他俩谁也没主动添加好友。他不知道黄耀出于什么样的考虑,自己这边是突然不想见他了,或者说他不想见这个黄耀了。

他已经跟两个黄耀聊过天,喝过酒,倾诉过彼此的故事,无力再见第三个。他预感到,如果他去见,还会有第四个、第五个黄耀出现,无穷无尽,各不相同。

生活概要

叙事概要

1

他太渴望光了。

什么光都可以,因为每当太阳落山而没有月亮的夜晚——即便有月亮,村子里任何人家的土坯房里也是暗沉沉的——那种黑暗和黑暗带来的沉寂让他无比压抑而虚无,彼时他还对这两个词语一无所知,但后来的生活不只一次提醒他,这两个词语的本义,早已深深根植于他的童年之中。柜子下面的煤油瓶里,只剩下浅浅的一瓶底煤油;柜子上的煤油灯中,不光煤油很少了,用破旧被子的棉絮捻成的灯芯也短得不能再短。灯芯几乎无法再触及瓶底的那点儿煤油,以至于点燃它的时候,火光总是像将死之人最后的一口气,随时要熄掉。

就是这半死不活的灯光,每天晚上也只有短短的半个小时。

这半个小时,忽明忽暗的屋子中,祖父总是在用羊毛纺毛线,然后用毛线织成厚厚的棉袜子。他的手在纺锤上一拨,一缕羊毛就在旋转中拧成粗粗的线。祖母在用大头针缝补一家人破烂的衣服，间或是她停下针脚，急促地咳嗽。祖母多年哮喘，呼吸声粗重如风箱，他怀疑她的肺填满了整个胸腔。五岁的他呢？什么也不干，只是趴在用高粱秸秆皮做成的炕席上，死死地盯住灯芯的那点儿光亮。他眼睛里的饥渴，似乎要把那盏灯吸进去，让自己整个内部充满光明。他知道，这灯火很快会越来越暗淡，暗淡到跟夜色差不多的时候，祖母就停下手里的活儿，把灯芯向上捻一捻，光芒立刻又盛大起来。然后祖母会说，夜了，该睡觉了，一口气吹灭全部的光。

他怀着无限的不甘心躺在荞麦皮填充的枕头上，鼻腔里是尘土和油腻的味道，看着用旧报纸糊成的屋顶一片黑乎乎发呆。看久了，黑暗中会浮现出一些光斑，他以为那是灯的幻影在闪烁。它们飘忽不定，在每次眨眼之间，都如幽灵般变化形状和位置。他曾经听外出打工的叔叔说，在遥远的城市里，根本不用煤油灯，全是电灯，有一根细细的灯绳，只要一拉，满屋子就充满了光亮。"一盏电灯顶五十盏煤油灯。"叔叔说这句话的时候，脸上都是发光的，能看得清牙齿上黄褐色的烟垢。他的烟头在夜里闪着星火。

五十盏煤油灯，那得是多盛大的光芒啊，就像是……晴天时正午的太阳吧？

叙事概要

白日的山坡上,他也曾躺在土堆旁,眯起眼睛细细看太阳。它实在是光芒耀眼啊,能把这世界的每一处都照亮,即使有照不到的地方,也会浸润着随光芒而来的温暖。那时候,他还远不知道地球是圆的,而且是绕着太阳旋转的,地球总是一半光芒一半黑暗。他更不知道有极昼和极夜,黑暗和光明从来没有真正对半分,它们你进我退,消消长长。他曾跟小伙伴们设想,用他们珍藏的罐头瓶子把白日过剩的阳光装回去,好用来晚上照亮。但是不管他们把瓶盖封得多么紧,那些光最后都随着太阳一起逃逸了,他们留不住它。后来,他想了另一种方式,并且没有告诉那些一起玩的伙伴。在田野里,他脱光了衣服,让自己的身体全部裸露在阳光之下。凭着不多的生活经验,他已然知晓,如果照多了太阳,皮肤会变黑一些。所以,小小年纪的他,已经试图靠着悖论来攫取自己的利益——身体越黑,那么他吸进去的阳光就越多。

但是他终究失败了,他永远没有伙伴中的李乌龙黑,李乌龙黑得如同一块发光的煤。多年以后,他读高中的时候才会明白这是冥冥之中注定的事,乌就是黑,黑是李乌龙的命运,不是他的。也同样是在多年以后,他才想通,自己少年时在老家渴望的并不是光,而是另外一些东西——

比如，如何度过漫漫黑夜，如何超越所见即所得的乡村世界，如何打破日出而作日落而息、牛羊进圈人们睡觉的规律。那是一种与生俱来的不可名状的渴望，简单点说，就是他的心和脑袋足够大且足够空，他希望有什么新东西来填满它们。新东西，不是田野、庄稼和村子里的一切。

2

就是在那一年的秋天，他看见一辆辆大卡车开进狭窄颠簸的村道，把一根又一根直且圆的木头放到路边和荒野，每两根之间隔一百米左右。他们追逐着烟尘滚滚的汽车，看健壮的工人们把圆木从车斗上滚下来。工人大声吆喝，让他们躲远点，他们跳着脚躲开，却并不远。他们问这些工人，这些木头是干什么的呢？难道是用来打家具的吗？难道是用来做棺材的吗？在他们所经历的时间里，那些被砍倒的树，最后都只做了这两类东西。一个光头的工人说，你回去用水瓢舀一瓢又凉又甜的水给我，我就告诉你。他马上飞奔回家，用洋井压出凉水，用水瓢端着跑过去。可惜因为跑得太急，半路洒掉了一多半，那个工人笑着一口气喝完了水,跟他说:你们村子要通电了,这是电线杆。

天啊,这件事是一个晴天霹雳,话语的光芒闪电一样刺痛了他的眼睛。村子通电,每家每户可以装电灯了,夜晚再来临的时候,他们就有了永不熄灭的光明,他们就有了可以自己掌控的太阳。这个消息飞快地传遍了整个村庄,全村人的晚饭都吃得兴奋异常。

他们开始每天走在那些村子中的圆木上,比赛看谁更快且不掉下来,后来就单腿蹦,一根木头也可以如此有趣,只因为它即将作为电的支点,把光从遥远的地方引过来。每一次跳跃,都好像是被电到后的反应——读初中时,班级里的电线常常裸露在外,他们会故意碰那根电压小些的零线,手指在火花中被弹开,全身一片酥麻。他们像火花一样闪耀。后来,那些圆木被埋进土里,竖起;然后是电线被连上,包括他家门口的。因为大门口到屋子的距离有点远,父亲不得不砍了院子里的一棵树,支在院子中,电线才接到他们屋檐下。

一切都准备就绪了,十五瓦的灯泡已经拧在棚顶,灯绳被他偷偷拉过无数次,但是电还没有来,还在遥远的某处。晚上六点钟,正是羊群回村的时候,他在院子里一遍又一遍地数家里的几十只羊。他感到它们的叫声也与以往不同，他忍不住问那些羊：你们知道即将有电了吗？它们用统一的语言回答他。咩！突然间，前院人家的后窗里透出了一种和煤油灯完全不同的光亮，然后是西院。那一刻他其实是错愕，继而反应过来，大声地喊着：来电了，来电了！他冲进屋里，拉下灯绳，但电灯并没有亮起来，他又拉了好几次，屋子仍然是黑的。父亲说，可能是灯泡的问题，也可能是线路的问题，他去找电工。

父亲和电工迟迟不回来，他蹲在墙头上，看着前前后后的院子都亮起电灯，仿佛整个世界只有他处在黑暗旋涡的中心。这是他第一次心中生出绝望的情感，他想自己被光明抛弃了，仿佛所有伙伴都已经走出困境，只留他一人在深幽的山洞中。他回头看了看黑漆漆的屋子，母亲正从里面拎出一桶猪食，走到不远处的猪圈去喂猪。他觉得这一刻自己和猪没有什么不同。他感受到了绝望，但尚不知道命名它的词语，情绪淹没着语言，以至于此后的生活中，每当绝望感再次降临，他都要重新回到这种心境。没有什么能稀释它，这是浓缩到极致，具有物质性的情感体验。

天气已经很凉了，他蹲得双腿发麻。母亲拎着空桶喊他回去，他从墙上向下跳，却栽倒在地上。他在地上躺了半分钟,麻木的腿才恢复知觉,坚持着站起来,就听见木大门响了,父亲和电工一起走了进来。

今天真是忙死了,电工说,不是线路有问题,就是灯泡有问题。

这是大事,父亲说,来电是大事。

电工检查了半天,换了个灯泡,拉了一下灯绳。堂屋亮起来了,尽管对这种光明期待已久,他还是被晃得眼前一片白茫茫,然后是带着金光的黑色,那是眩晕的感觉。他闭着眼睛好一会儿,再睁开,才看清眼前的一切:整间屋子似乎比正午时分还要清晰,红漆脱落的扣箱,舅舅用一块块木头拼接起来的写字台,土炕上的席子炕头处已经发黄发黑,顶棚上旧报纸的大标题写着"亚洲雄风",屋地的坑洼里积存着一些黄泥水……还有镜子里的自己,黄而稀疏的头发,黄而干瘦的脸,裤子膝盖处的破洞,畏畏缩缩的眼神。那一刻,他感到有些羞愧,他竟然有点儿后悔拥有电灯的光亮了,它让他第一次对自己的处境有了认知。这神奇的光芒所照耀的,不只是村庄里的黑暗部分,更是他自身的暗面,尽管那时他对贫穷、无知和愚昧这些词语一无所知,但这些光所放大的自身的斑点,还有那张脸上的神情,那双眼睛所透露出的那颗少年之心,他却能直接地感知到。电和光所带来的世界越丰富,越高大,他就越贫乏，越卑微，此后他的命运就是通过不断的努力，去抵抗（更准确地说，是遮掩）这种贫乏卑微。这是一篇尚未展开但已经写好了提要的论文，他既要遵循它的逻辑，又渴望着去逃逸。

电和光依然是短暂的，每天他们都只能亮一个小时左右。在这光芒之下，他们吃饭洗碗，铺上被褥，就要把灯关掉。因为每一度电，都需要金钱来支撑，而金钱中凝结的是农人的筋骨和汗水，它们并不值钱。这一点，他早早知晓。

3

在光电来临之后，许多变化悄然发生。

不知道哪一天开始，有细若游丝的新事物进入脑海，比如那个河南来的倒爷，比如去沈阳打工的叔叔，再比如祖父把他仅会的几个民间故事反复讲述。他不知道听了多少遍魔、怪、鬼，以至于走在村子的夜路上，会觉得每一个动静都是它们发出来的。他眼前的顶棚，被这些新事物一块一块地掀开了，尽管屋顶之上仍然是黑夜，但这黑夜毕竟比土屋子浩大茫茫得多了,何况有明月星辰,在天际引逗着他。在此时,他已经找到了一生对虚空的那种最初的热爱,他要投向它,他要填满它,他终将葬身于它。

他渐渐开始懂得,除了南山坚硬的石头,北山密密的树林,村路上牛羊的叫声和粪便,田野的庄稼和野草,家人邻里愁苦的脸,这世界还有另一半,不对,是另一个更大的部分——那些虚构的、遥远的,从来不能被看见而只能被想象的事物。在此之前,他能够体验和表达的情感是如此简单——"疼、痒、困、饥饿、累、难过、快乐"——而且是不能命名的,没有能指的,他的世界只有眼前的世界,所有的事物都是可见可感而不可言的。现在一切都不同了,他竟然可以感受到别人和别处——和周围一切人都不同的别人,跟村庄一切都不同的别处。他以为,这些都和电的到来有关,是这种光芒刺破了某个透明的屏障,那些遥远的事物,才沿着电线入侵到他的生活里。在回溯中,他必须选择"入侵"这个词。

第二年的春天,是一个多年不遇的大旱之年,他再不敢脱光衣服去吸收阳光了,因为它太烈了,而田野的泥土都像是在热锅里炒过,皮肤一挨上去几乎能听见嗞啦一声,有烤焦的气味。白日光芒太盛,以至夜晚的那点电灯之亮都显得暗淡,他躺在土炕上,能听见被暴晒了一整日的土坯房的土墙，发出了轻微的爆裂之声。这声音混入父亲的鼾声和母亲翻来覆去唠叨的声音里，他就会再次感到皮肤的灼热。

他上小学一年级，某天中午，一个消息在只有十几个人的班级里传播开了：据说，隔壁村子即将要唱大戏了。他对戏曲的认识，全部来源于祖父的那台半导体收音机。同样是在夜晚，收音机开启的时候，会发出微弱的蓝光，两根天线伸展着，捕捉来自远方的电波，转化成奇妙的声音。他记得更清楚的是，每次声音微弱时，祖父都会掏出收音机的电池，让他使劲咬一咬，说小孩子身体好，自带电量，咬一咬可以把身体里的电传一点儿给电池。那两节电池已经布满齿痕，坑坑洼洼，他就选择比较宽的部分再咬下去。他的舌头和牙龈在接触到电池时，感到一种带着微凉的涩，他分不清是自己把电量输送给了电池，还是刚好相反。再装回去的时候，收音机的声音的确变大了些，他心里便会想，也许明天应该再多晒一点太阳，储存更多一些点儿电。

他听到了像是鸭子嗓音的人在讲评书，高手们在树梢屋顶飞来飞去，飞花成器，摘叶伤人。他心生向往，自己偷偷装了两个沙袋绑在腿上，也想练成飞毛腿。轻功自然不可能练会，但他坚信有人会飞，那些人在村子之外。他还听到有人咿咿呀呀地唱二人台、京剧，只能偶尔听懂几个字。他觉得，那些人一定都是大舌头，或者舌头像某些蛇一样是分叉的，以至于不能顺畅完整地把话说完。人们为什么要花钱请这样的人来村子里演出呢？难道，天上掌管云雨的龙王只能听懂这样的话？后来，他渐渐晓事，知道请戏班唱戏，就是为了给龙王带来欢乐的，让龙王高兴了，好下起雨来。原来神仙也怕寂寞，跟他一样。从此后，他便对神仙没有了崇敬和向往，他们并不比村干部高明多少，如果只有杀猪宰羊唱大戏他们才肯行云布雨，岂不正如要给村干部买烟送酒他们才给开一张去外地的介绍信？

真正寂寞的当然是人。他多年以后才能想明白，人们既是因为抱有求雨的幻想，也是想借一个名言正顺的机会去欣赏那些咿咿呀呀，看那些每天流浪在大地上的外乡人，给日复一日不变的生活增添一点新鲜感。这是十里八乡的节日，重要程度超过春节，学校甚至都要放假，老师们也无心上课。他跟着家里人一起，赶着马车去看戏，幸运的时候，还会得到两毛钱买瓜子或糖葫芦。其实他看不清戏台上化了装的演员，也听不懂他们唱的戏文，他就像当初盯着煤油灯那样盯着他们——他们真像一根根肉做的灯芯啊，在木头搭的戏台上踱着步，摇头晃脑，给他带来微弱的陌生之光。

唱什么并不重要，重要的是在庄稼地的旁边出现了一群穿戏服的人，表演古老祖先们的花前月下、宫廷沙场，收音机里的电波，幻化成眼前的实景，这是一种魔法。这种魔法远远超过走四方变戏法的人手里的戏法，尽管他依然对帽子里蹦出的兔子和鸽子惊奇。若干年后，他会把这一种场景写进小说或散文里，在追溯细节的同时，也在重新构造它——那个做文章的书生，唇红齿白；那个踏春的小姐，明眸善睐；那个滑稽的小丑，上蹿下跳；那个简易的戏台，竟然演尽了人间的悲欢离合。于是，他再在电影院中看到任何角色的人生，都不会感到吃惊，他觉得自己在少年时已通过戏台，知晓了上千年的沧桑。

天依然干旱，连牛羊都不愿意上山吃草，山上也没有多少草。锣鼓声和二胡声消失，唱戏的人坐着三轮车突突突离开了，搭戏台的木头被拆下来，堆在荒地上。田野山河，一切归于灼热的平静。半个月后，他再次路过那里，因为前几天终于降雨，荒草疯长如喷泉之水，已经把所有木头湮没了，似乎那些异乡人从未来过，那些故事从未在此上演。然而那些唱戏人的影子在他心里扎下了根，他再也不能满足于民间故事里的种田人、放牛人，连鬼怪也失去了原有的魅力，他确切地知晓这世界还有更多神秘有趣的东西,在遥远的山外。

这些人的光芒,如同魔法,让无数无生命之物开始活起来,让许多逝去之人再次呼吸、讲话。那些在小学课本上读到的内容,从白纸黑字变成心中幻影。然而他是多么无知,只能靠仅有的经验去构造这些事物,他在真真假假、虚虚实实中体验到了异己的情感,比如书生进京赶考时的别离,比如勇猛大将沙场上将死之际,他的心与他们一起黯然和悲怆。从此,他一生都将热爱现场感,热爱置身其中才能感受的艺术,热爱和每一种现实的正面接触。他产生了强烈的冲动:走出山野,或者灵魂出窍,去跟更多有趣而伟大的心灵对话。一瞬间的激动之后,他获得的只是绝望,因为他看不到任何出去的路,通向乡里、镇里的路当然有一条,但那绝不是为此时的他所造的。他的路只能是村小学和家里,还有山上那些牛羊走的小道,此时他的伙伴,仍然只有草木和鬼怪。

4

意外总是在你已经放弃幻想时到来。

生活概要

第二年的春天,几乎是同样的季节,天气更炎热干旱。人们早已从去年的经验中知道,老天爷似乎并不喜欢咿咿呀呀的大戏,他们想看新东西。不是已经用几根细线把那个叫作电的神秘力量拉进村里了吗?那么和它相关的一切都开始成为可能。

传说许久的电影放映队就要来了,还是为了求雨,又不仅仅是为了求雨。

他已记不清第一场电影放映的是什么片子,但全村人搬着小板凳,坐在露天土场上等候的场景清晰如英雄纪念碑的浮雕。他不愿意也无法追溯细节,描述出来对任何人都没什么新鲜感,也没有意义,他只是怀想整个村庄人的欢腾和夜晚静谧之间的对峙。巨大的银幕支起来,电线从最近的人家拉出来,放映机摆好了,新的魔术师——电影放映员把一卷放映带嵌入机器。依然是光影的魔术,一束光柱照着薄薄的胶片,白色银幕上开始浮现活生生的人和他们的全部生活。真是不可思议,有人在一块白布上再造了这世界,或者说,整个世界浓缩在了一块白布上;不止于此,那里如此之薄,但比我们真正身处的世界要更多、更丰富。他同所有人一样,看得如痴如醉,既是为这光影的神奇,更是为那些故事。侠客的刀剑,敌人的炮火,奔跑的男女,飞驰的汽车,云朵上的飞机,没有哪样东西不是全新的。

他还跟伙伴们一起，好奇地走到银幕的后面去。后面有什么呢？后面是同一个故事的镜像，是左和右的颠倒。正是从此时开始，一种有关悖论的概念根植于他内心，成为他后来看待所有事物的基本心理结构——世界和生命的本质即是如此。若干年后的某些时候，细细阅读自己写过的文章，他发现了这种心理结构，然后开始了漫长的追溯，最终他找到的就是这块白布。他还想起，自己曾经站在银幕的一侧边缘去看，他看到的是两块被压扁的光影。没错，这就是他内心对一切事物的总体看法，相反相成相对相伴的所有事物，被挤压到一个平面上共存了。现代物理学会证实他的这些看法，有些科学家认为存在另一个维度的宇宙空间，在那个宇宙中，有另一个我们生活着。这不正是电影银幕所蕴含的魔法吗？

源于对故事的饥渴和天性耽于幻想，他更喜欢看银幕上那些虚构成分多的故事，比如武打片和故事片，而不喜欢战争片。他对于成年男性的美好幻想，都是江湖中的侠客；对于美好女性的幻想，都是古装的女子。所以，我们可以说他也有着流浪情结吗？一人一剑一马，断肠人在天涯，这场景确实令他神往，因为当他在夕照中赶着羊群下山的时候，与这样的场景是多么相似。他站在村子后面的低矮山头,怀里抱着刚出生的羊羔,看着不远处的村庄炊烟升起,听见狗吠连连,就会感到一阵恍惚,仿佛那并不是他生活十年的地方,那是电影银幕里走出来的世界。羊羔咩的一声,黑色珍珠样的羊粪蛋让他回到现实中,那群羊已经到了山脚,就快钻进别人家的玉米地了。于是他开始飞奔,把刚才的一切都远远地抛在了身后,夕光给他的影子留下一条宽阔的尾巴。

进村的时候,看见了一根高高的木杆被竖起来,简直跟树一样高,木杆上支着银白色的两个东西。他预感到,有更新的事物降临了。

一个亲戚家买了全村的第一台电视机,而且是彩色电视机。他简直无法想象,从此那个虚幻的光影世界就被定格在这个盒子之中,每晚七点开始,向人们展示五彩斑斓的新生活。他无数次跟祖父一起,坐在亲戚家的炕边上看电视。几年后,自己家也买了一台彩电,他能裹在被子里更舒服地看了。那时候的电视除了周日,白天没有节目,晚上只是七点到十二点有节目。那有什么关系呢?我们拥有了魔盒,也就拥有了召唤虚构人物的能力,哪怕这些虚构人物是被另一些人预先塞进去的。就像从小看到的变戏法的流浪人,从帽子里掏出了兔子和连绵不绝的手绢,他知道在本质上是一种障眼法、一种技艺,但他就是沉迷于此。他从这魔盒里获得的，远远不是时间的消磨，而是空间的无限扩展——他的心可以大于整个宇宙。

如同看电影时产生的疑惑，他也会愚蠢地绕到电视机后面——只有黑色的壳子，并没有人物的倒影。如果说，他对电视有什么不满的话，这应该算是最重要的一点，它是一个立体，一个完全无法压缩的立体。他有点不能接受这件事。

还是那个有钱的亲戚，几年之后又置办了第一台卡拉OK机。在一个夜晚，他跟着大人们走到他们西屋，一个叔叔插上电，打开机器，又拿出两个话筒，他们开始唱歌。他早已忘记是什么歌了，让他感到触动和好奇的是，那些平时老实腼腆的庄稼汉，都像是喝醉了酒，一个个跟着音乐摇摇晃晃地唱着。哦，他们在唱郑智化的《水手》，苦涩的沙吹痛脸庞的感觉，像父亲的责骂母亲的哭泣永远难忘记……这些每天种田的人、放羊的人，哪里会知道水手的感觉呢？但是他们仿佛体验过海风吹拂、海浪拍打。他想参与但不知该怎么参与，只能跟着哼几句记得的歌词，然后瞬间一惊，他自己也像是喝了酒。他不知道人为什么会在这种场合发生变化。等他读大学时看了一些书，会知道唱卡拉OK如同某种神秘的仪式，不是宗教类似宗教，能在一秒钟把人无意识深处的某些记忆唤醒。

5

这一切有关光影的魔术，对他此后的全部生活而言，都还只是个开端。真正的精华部分是从文字开始蔓延的。十二岁，他已经认识了不少汉字，能抱着一本残破的汉语字典看完整本书了。在那个偏远的村庄里，他唯一能看到的书是小学生作文选。他一遍又一遍地阅读那些简单的故事，还在自己的作文里仿写，更早一些时对于光的饥渴，改换了形式再次从他心里生发。若干年后，有一个时期他回忆起这段经历，无比痛恨小学生作文选，觉得是它教坏了他写作文。但是又过了一些年之后，当他能够写出一些自己想写的文字时，某次回到家里，在角落里翻出那些薄薄的小册子，竟然重新津津有味地读了一遍。他获得了完全不同的阅读感受，有些悲哀也有些庆幸地发现，自己所写的那些故事其实并未脱离小册子里的套路，自己阅读时所看到的那些作品也是如此。

文字是他的魔法棒，有了它，他将不再依赖有形的光和无形的电，不再等着别人，自己就可以去构造新世界。

叙事概要

某天，父亲拿回家两本厚厚的武侠小说。母亲做饭，让他蹲在灶前烧火，他抱着其中一本看得着了迷。添火呀，母亲用锅铲敲他的头，饼都烙不熟了。他猛然间放下书，抱起一捆玉米秸秆塞进灶膛里，火苗刷的一下从灶膛里伸卷出来，把他的眉毛头发烧焦了，眼睛也隐隐灼痛。可他仍然不愿意放下那本书，他想知道那场比武最终谁赢了，想知道到底谁是天下第一。他所日渐熟悉的几百个汉字，竟然可以排列出如此迷人的故事。

再厚的书，也会很快看完的，连封底的定价都读过两遍之后，他陷入了巨大的故事饥渴之中。从未有一种饥饿感如此强烈，抓心挠肝，他四处寻找可以替代的事物，但是没有，什么都没有，这乡野的一切都不能替代阅读的快感。他开始追逐每一个能看见的字，他只找到了糊墙的旧报纸。旧报纸也是好的，只要有字。他先是站在土炕上，低头、平视、仰头全部看完了；他又搬来一把椅子，站在上面看顶棚上的报纸。报纸糊得横横竖竖，看得时间太久，他的脖子歪得无法转弯。还有几次从椅子掉下，头撞在了黄泥抹的窗台上，眼睛冒起了金星，那些刚刚读过的汉字全都飞舞起来，像夏日夜晚聚集在灯泡周围的小飞虫。此刻，他的脑袋就是那颗发着光的灯泡，吸引着所有的汉字围绕着它飞舞，无数形象和事件浮荡在夜空里。他想起自己当年拼命晒太阳,想把阳光储存在身体里,现在,他终于确认自己体内确实有光,但不是来自太阳,而是来自那些字,那些故事和群山之外遥远的城市。

他读完了整个村里的所有字,甚至别人家那仍然没有被风雨侵蚀掉的斑驳的春联,甚至小卖店橱窗里的包装纸,甚至灰堆里的烟盒,甚至山坡上乡政府用白色石头垒的"计划生育,利国利民"……然后什么都没有了,他陷入了极度的绝望之中。这种绝望,超越了他后来高考落榜和失恋的绝望,因为他感到一扇打开的门重重地被关上,再也看不到开启的可能。许多年后,他读到卡夫卡的小说《城堡》,看到土地测量员K永远走不进那扇专门为他设立的大门时,他恍然心惊,那正是他少年时无书可读的感受。

几年后,高一课间操,他钻到了桌子底下,逃过了班主任探照灯一样扫视的目光。同学们都去做操了,整个教学楼里只剩他一个人,空荡寂静如声音被吞没的宇宙。这是他第一次逃课间操,起因就在于同桌桌洞里的半本杂志。其实下课铃打响之前,他只瞄到了三个字"令狐冲",他本能地觉得这是一个武侠故事,少年时封存的阅读渴望被点燃,星火瞬间燎原,冲动不可遏止。

一切都安静了,天地之间只剩下他一个人,他打开了那本书。不，这不是一本书，而是一本只有一半的杂志。文字密密麻麻如蚂蚁，他开始去捕捉它们。那一段正写到，令狐冲受了伤，体内几股真气乱窜，带着仪琳小师妹一起去守护恒山……他看得如重锤击胸，天下怎么会有这么好看的故事？半本杂志戛然而止了，他几乎魔怔，问同桌这本杂志哪里来的，能不能找到全本。同桌说，他是从一个亲戚家偷来的，只有半本。

他差一点哭出来，他感到自己将死于浅尝辄止的饥渴。

6

命运似乎早已经注定，就像他读的故事里的套路，每一种毒药都追寻着它的解药。有一天，他浑浑噩噩中走出高校门，发现马路对面支起了一间铁皮屋子，上面写着几个字：租书亭。而且，他看见那个正在擦铁屋子玻璃的人，竟然是自己的一个远得不能再远的亲戚。他本是出于礼貌过去打招呼，亲戚也是出于礼貌让他随便看看，他于是看到铁屋子里满架子的书，主要是武侠，还有一些港台的言情小说。一瞬间,他感到恍惚,有一种不真实感,直到他看见书架里的一册《三杰八俊十二雄》。他兴奋地抽出来,果然是自己看过的那本书,如逢故人。

那个戛然而止的世界,就这样被意外接续上了。他在这里重新见到了令狐冲,他正在几本叫《笑傲江湖》的书里倚剑而立,笑盈盈地,身后是华山、嵩山、恒山和一整个江湖。他走上前,令狐冲笑着抱拳。他也抱拳说:令狐兄,久等了。这才是新大陆,他看遍了整个镇子租书亭的武侠小说,为了五毛钱一天的租书费,他每天只吃四个馒头,就着从家里拿来的咸菜和免费的白水。他还买了一个简易的手电筒,只为了在宿舍熄灯后躲在被窝里看。因为这些故事的缠绕,每一节课都像是漫长的酷刑,他只能看见老师的嘴在动,听不清他们到底在说什么。整个精神都被虚构的人物占据了,现实里的人们和事物缥缈虚幻,他陷入了一种迷狂状态。

远不止于此。也是在这段时间,他跟着同学去了台球厅和录像厅,很多书中看到没看到的故事,幻化成影像。许多事物合二为一了,包括肉体的生长所带来的本能,武侠小说中男主人公被众美女所爱的假想,录像带里搔首弄姿的女性,班级里正在发育的女同学们隆起的胸脯,黑夜里春梦所遗留的液体,这一切都在重塑着他的身体和精魂。那么强烈的一种"我与这个世界"的感觉开始诞生,他发现自己正在用这种方式再一次蜕掉了坚硬透明的壳,并终于恍恍惚惚地感觉到了那个单独的"我",那个作为一种本体意识的"我"。若干年后,他在大学中读了康德、海德格尔、笛卡儿,才会明白这一次诞生的重要性和危险性。我思故我在,我在故我思,不,思和在并非先后逻辑关系,它们就像——就像那个从边缘看过去的电影银幕,统一于一个平面之上,它们就是他的悖论。

他感受到了的那种撕裂,像是从一个肉体里撕扯下另一个肉体。在这个意义上,他雌雄同体,他生下了自己。他不知道该如何应对身体上的欲望,只能把它植入进所有故事的幻想之中;他无法也不应该获得某个女性的身体和灵魂,他只能用一种更形而上的方式去替换,这后来被称作想象、意淫。他不可避免地幻想着自己是故事的主人公,武功天下第一,人见人爱,花见花开,但内心深处,他又知道这一切不过是幻觉,就像——就像那块上演了无数故事的银幕,关掉放映机之后,它只是一块矩形白布而已,是巨大而凝固的空无。想要消解这空无,你的放映机就不能停,光就必须不断造出影像。燃烧啊燃烧,激情的故事和青春的肉体就是火和油,它们烧出来上千度的高温,他在锻造,他在涅槃,他在重生,但前提是,他得挺过这深入骨髓的火焰而不化为灰烬。

所有的武侠小说都看完,所有的言情小说都看完,他的故事饥渴症已经病入膏肓,但再没有能延宕在这种欢乐的毒药,他即将热死于寒冷的冬季。许多个夜晚,下自习之后,他翻越学校的栏杆,衣衫单薄地行走在小镇的街道上。寒风刺骨,脚下未融化的雪已经冻成冰状,他觉得,只有这冷风才能消心中火热饥渴。最终,他所能走进的还是那些灯光昏暗的租书亭。

他是多么幸运,在最需要下降的时候看到了千钧之重,一种宁静之力,浸润到他的肌体的魂魄之中,从此,水里有糖了,梦里有酒了。他在一个租书亭的角落里,发现了一本厚达几百页的书,黄色封面,上面是五个字《平凡的世界》,封底是作者的头像。这本书太厚了,里面的字特别小,但是凭借他在这两年阅读的经验,越是厚的书、小的字,就越证明这本书不一般。他最先看到了那篇名为《早晨从中午开始》的后记,就是这一刻,那个武侠世界的大幕缓缓拉上。与此同时,另一个世界的大幕徐徐开启——现实,和他的生活息息相关而不仅仅是源于幻想的现实,还有一种从脚底的泥土里生长出来的力量到来了。

这个人为了写这部书而死,这个人死于他伟大的理想和一百多万字的作品。百万啊,这是他当时所能理解的最大的数字,因为它就捧在他手上,一个挨着一个地排列着,构成几百个人的命运——黄土,窑洞,石头,煤炭,信天游。他正燃烧着,这时一股巨大的冷风降临,他瞬间被以火的形式冰冻。所以,他在沸腾的同时冰冷着,在燃烧的瞬间融化着,在喷薄的时刻凝固着。这是一种堪称伟大的交错,经历了名为天堂的炼狱,并因此终于把自己身上的魔鬼和天使压缩到一起。从此之后,他或许仍不能清楚地分辨、控制它们,但他能在无论多混沌的情况下认出它们,和它们进行谈判、媾和。

这当然是夸张的说法,《平凡的世界》之于他成长的意义并不会如此之大,但它代表着一个开端,一种新的力量不由分说地进入他正在形成的意识之中,这是永不可解的蛊毒,他成了它的宿主,他们一起长大、丰盈。他花了一周的时间,把这本书从头到尾读了一遍,又花了两天时间重读了一遍。他并未因此而幻生不切实际的冲动,这本书只是帮助他擦了擦窗子,让他更清楚地看清了窗外的新世界——没错,新世界如此平凡,以至于他不由自主地认为那就是他的世界。

很快,他在这家租书亭的角落里还发现了莫泊桑的《俊友》《羊脂球》,还有几大卷的鲁迅文学奖作品选,他阅读了《黄金洞》《挑担茶叶去北京》《厨房》等。等

生活概要

到快四十岁的时候,他在电影院里看漫威的电影《复仇者联盟》,编导把所有旗下的超级英雄都汇集到一部电影里,他就会想起自己那段疯狂而驳杂的阅读时间。令狐冲和张无忌,项少龙和甘十九妹,孙少平和羊脂球,等等,这一切人物共存于他混沌而单纯的大脑,以至于他的梦里总是由这些虚构人物和生活人物一起组成。他还会想起,就是从那一刻开始,此后他所阅读的每一本书,不管是好书坏书,书里的人物都会在他第一次轻轻念他们的名字时活过来。他们都是真的,甚至比他在日常中所见的人物还要鲜活。哦,他终于掌握了一种古老的魔法,能够随意召唤书中的人物进入他的脑海或梦境。他们还会附着在他的老师、同学、家人、饭馆服务员、公交司机等人身上,一个虚构的世界开始侵入他原来的现实世界,它们重叠交融,彼此清晰而又难分彼此。

有一天,他忍不住问那个租书亭老板,这些书都是哪里来的?老板说,在北京批发来的,一块钱一斤。他惊骇莫名,忍不住去想象那个批发市场到底是一个什么样的地方。老板说,他坐汽车到北京,然后再倒公交车到大兴的图书批发市场。"那里有三个中学操场那么大的图书市场,所有的书都成堆地摆着,一块钱一斤随便挑。"他无法想象,不是无法想象三个操场,而是无法想象三个操场

叙事概要

的书。那里堆着成吨成吨的故事啊,那里有成千上万个人物被封存在书页之中,等着他去解除封印,吻醒沉睡者。

他当然会幻想自己置身在这个地方的情况。他会掏光身上所有的钱去买书,钱不够了他可以卖掉所有的衣服,甚至他红色的年轻的血液,只要让他一斤一斤地买书。如果他买了几百斤书,他又该怎么扛回去呢?他会像少年时在家乡山野上扛草或庄稼的方式,把一捆扛几百米放下,再回过头去扛另一捆,如此循环往复,从北京走回内蒙古北部的小镇。他到家时一定已面目沧桑,而那些书和书中的故事,却永恒不变。再后来,他读到了捷克作家赫拉巴尔的小说《过于喧嚣的孤独》,小说里的主人公在一个地下废旧书收购站工作,每天用压缩机把各种各样的图书打包。他就会想起租书亭老板跟他描述图书批发市场的情景,他已经在想象中,经历过那种"过于喧嚣的孤独"了,他应该为此痛哭一场,大醉一场,酣睡一场。

他回想这段生活,认为那两年的时间里自己精神状态是不正常的,是一个精神病人,一个疯子。因为他除了看这些故事,什么都不在乎,什么学习成绩,什么考大学,甚至他暗暗喜欢的那个女孩都不重要了。那是一种迷狂,那个偏远的北方小镇根本容纳不下他的激情,他所想象的世界大于已知的全部宇宙,那是他一个人的大江大河大时代。

生活概要

7

因为数以万计的书的"喧嚣",北京作为一个拥有无限可能的地方,在他心中确立了关键地位。继而有更为细节的东西从北京流传到小镇上来。他落榜复读,临近元旦时,班级组织新年晚会。同班的另一个复读生说,他有一个哥们,正在北京上大学,那个哥们参加学校社团时排了一个剧,讲述大学生活的。同学说自己想元旦时复制一下。作为既不会演戏又边缘的人,他根本无权参与这么特别的演出,但是他是观众,他看到自己熟悉的同学在教室中央表演,说着奇怪的台词:人在江湖飘啊,谁能不挨刀呀,一刀砍死你呀……这时候,他和那些演员同学之间的距离瞬间变得十分遥远,这种话语在他的生活中,甚至在他疯狂的阅读中,都从未出现过。唯一与此类似的,只能是香港的无厘头电影。他刚刚建立起来的一种秩序被打乱,许多正儿八经的话语开始自动变腔变调,但他无人可说。他在武侠小说里所看到的江湖,从此成为一种前现代景观,而他,已经借助着复制的模仿的拙劣小品,窥视到了后现代的身影。

因此,他必须要去北京。

他来到北京,已经是2001年。

在此前一年的暑假,他正在一个同学家里。他们坐在板凳上看电视,屏幕正在直播北京申办2008年奥运会投票现场,当主持人宣布"北京"时,他跟同学竟然激动地拥抱起来。真是奇怪,其实他那时并不了解奥运会是一个什么会,也不太了解申办成功意味着什么,就是单纯地觉得高兴,因为这件事跟北京有关。八年后,奥运会举行时他已在北京待了七年,这七年的时间里,"奥运"这个词语许多次进入他的生活,他深刻地意识到,一个历史事件对个人生活的渗透有多么复杂而深刻。

他走进学校的图书馆,一架又一架摆放整齐的书,在等着他去阅读。图书批发市场的景象被庄严的图书馆替换,他从书架走过,耳朵里想起不知哪位老师的名言:"大学四年的时间,即便你没有认真读书,仅仅是把图书馆里书的书名和目录看了一遍,你也能学会很多知识,甚至是重要知识。"他当然不会耽于去读书名目录,他浏览那些书,把它们借回去,摆在床头。有朋友送了他一本康德的《判断力批判》,因为她买了之后完全读不下去。他也读不下去,但硬着头皮读。他读到了康德最著名的论断之一——二律背反，他很快想起那张凝聚了光影的白布，他感觉自己的生活被这个词缠绕上了。他翻更多书找到了有关它的无数解释，但并不能实实在在地明白说的到底是什么。只是，他不再相信什么永恒不变的东西，一切不是转瞬即逝就是转瞬即变，像钟摆，摇到左边，马上就回到右边。

这时候，他也遇到了后来成为生活必需品的网络。宿舍上网一个月要六十块钱，对一个每月只有二百五十元生活费，还是贷款的人来说，六十块钱太多了，何况买一台电脑要四五千呢？于是，他只能跑到学校的机房去上网，一个小时两块钱，每周去上几个小时解解馋。后来，宿舍里的一个兄弟买了电脑，全宿舍的人都插空去玩。他也去，主要是用不太灵便的打字技术，把自己写的那点东西敲进去，存在软盘里。现在的人已经不能理解只有一兆空间的软盘了，插在台式机的读盘器，存下文字。这种软盘经常坏掉，为了避免这个问题，他把那些东西都发到邮箱里备份。他还花钱到打印店打印出来，看着自己的碎碎念变成方方正正的铅字，他觉得它们不一样了——他早已知晓文字的魔力，如今他正不断靠近这魔力。出于虚荣，或者别的不太好说出来的考虑，他把这些东西给别人看。有人说，一个靠贷款生活的穷学生，花那么多钱去打印店打印，简直是不可理喻。

后来，他拿到了一笔奖学金，他狠狠心靠这个买了一台二手的笔记本。是IBM的，因为交不起网费，就算能上网，也慢得不得了，其实只能用来打字。每次开机的时候，他看着黑色的界面滚动的代码，仿佛这台电脑要从很远的路走过来，就像他走了二十多年，才走到它面前。

他真正被网络俘获，是在大四那年。因为做了一个校园论坛的"斑竹"，他能够趁机去一个教研室的办公室里，用那里的电脑上网。他看见了什么？一个新世界，不，一个旧世界，也不对，是一个新和旧不断衍生、消融的世界。他不免想起，在几年前，读书的镇子上第一次有了网吧，他跟着一个高中同学进网吧的情景。就连他的QQ号，都是这个同学帮忙注册的。那时候流行在网上加陌生人，然后互相交流，他甚至后来还给几个网友打过电话。他感觉电脑屏幕发出的莹莹的光，就像是他童年时在乡村里看到的煤油灯的光，只有通过它，他才能看见更多的事物。光再一次以其他的方式，成为他生活的路标。

他把很多时间都花在看电影上了。那时候，网上有很多FTP站，能下载大量的电影。他囫囵吞枣地能下什么看什么，下完就看，看完就删。

他看了什么呢？他看了《巴黎最后的探戈》。这是他

第二遍看这部有名的片子了。第一次是跟一百多个同学一起,在一节西方马克思主义理论课上。那是一间巨大的教室,就是他开学时听诗人们朗诵的那间,有四百个座位,他坐在中间靠后的位置。那门课的老师走上讲台,说这节课放电影,大家都欢呼。电影开始了,马龙·白兰度那张毫无表情的脸和巴黎市区的样子从远远的屏幕上透过来,他感到了一种类似于少年时小镇凌晨的清冷。巴黎的街道上,人群穿梭,鸽子低飞,城铁摩擦铁轨,就像他后来某一次读一个叫本雅明的人《拱廊计划》介绍和波德莱尔的《恶之花》,还有罗兰·巴特的《埃菲尔铁塔》时感受到的那样——也可能只是这些事物在他头脑里形成了互文,它们互相支撑,互相阐释,帮助他建立有关巴黎的一切。然后,他们看见了白兰度和那个女孩有些变态的性爱。他并不是一个过度单纯的男孩,早已经知道人间事,但是和一群人在大屏幕上一起看做爱,总是感到很怪异。白兰度苍老的肉体和女孩鲜艳的肉体,伴随着一些叫喊,还有所有观看者压抑的气息混响在阶梯教室里。这时,有一个女同学站起来,愤怒地说,这是什么电影!气冲冲地走了出去,然后又有几个同学走了出去。

仿佛一个装满活性气体的气球被捅破了,每个人心里有的那点尴尬,终于变成了一种集体性的尴尬。接着,大家反而放松起来，最难熬的半个小时过去了，接下来他们可以好好去看这部电影了。他觉得这有点像一群陌生人走进公共浴池，刚开始脱衣服的时候，都有点不自在，但等所有人都泡在大澡堂子里时，这种不自在就会随着污垢被一点一点清洗掉。

这间大教室，几乎是一个注定改变他的观念的地方。刚进入大学的时候，他曾坐在最后一排，看着前面下方讲台上，诗人们轮番上台朗诵诗歌。对于刚从乡村来到北京的土小子来说，那些诗他听不懂，那些充满了吃喝拉撒睡的生活他也从未经历过。诗人们长得和他想象中不一样，有光头，有长发，也有美丽的女孩子。一些身体器官从女孩子们的嘴里爆出来，像鞭炮爆响，他听得心头猛跳，脸红耳热。然后，他们竟然在舞台上喝起了啤酒，一边喝酒一边朗诵。到那天为止，他并没有真正知道诗是什么，但他看见了诗人。他后来会接触成百上千个诗人，他们都不会像这次这么像诗人。

等他第二次独自看这部电影的时候，他一点也没有肉体的冲动，只是感到一种压抑，一种悲伤，一种从遥远的异国他乡和另一个虚拟时空而来的悲伤。他不明所以，又好像深谙其道。眼泪不知不觉流了下来，他哭了。

也是在那段时间，他在师兄们宿舍的电脑里看到了真正的毛片。宿舍都是八人间，狭窄逼仄，还有一张大桌子占去了屋里的三分之一。电脑仍是较老的样式，显示器后面有着巨大的隆起，屏幕微凸。他当然不再记得具体看见了什么，反正就是异国的男女在做爱，场面直接火爆，也肯定激起他们身体的冲动。后来，他躺卧在靠窗的床上，想起这些片子和《巴黎最后的探戈》里性场景的不同，在迷迷糊糊之中，他感到自己窥见了艺术真理的影子。只是，他抓不住它，就像他暗恋的人，只有在闭着眼睛的幻想中，他才能拥有她，一旦他睁开眼，不是看到虚空，就是看到她在别人的臂弯了。

8

抓不住的那片影子日夜跟着他，像一个古老的咒语，或者，像他童年时听到的一个故乡传言。在那个村子里，人们对黑夜怀有无限的热切和惊恐，几乎所有的故事都和它有关。其中一个说，小孩子是不能吃猪尾巴的，如果吃了猪尾巴的肉，就会在走夜路的时候听见自己身后啪嗒啪嗒的脚步声，但你回头，身后却空无一物，这被人们称之为"后惊"。吃猪尾巴，会长出"后惊"，猪尾巴在故事中变成一个无形的跟随者，惊扰你的道路。所以，每一次家里在杀猪的时候，他都躲在不远的地方看着那根细小的尾巴是否被扔掉。在乡下，怎么会有人扔掉这么大一块肉呢？它总是被堆在卸好的猪肉堆里，码放在仓房里的大水缸之中。吃的时候，母亲会从中挑一块拿到堂屋，在案板上当当当地切、剁。等他再次看见肉，已经在桌子上的碗里了。吃着吃着，他就会心里一惊，"我嘴里的这块肉不会是猪尾巴吧？"饭后，他悄悄跑到仓房去看，那根弯曲且冻僵的猪尾巴，蜷缩在肉堆里，他才放下心来。

现在，他感到自己长了"后惊"了。那些少年时读过的故事、见过的人、有过的记忆，都在不断地惊扰着心神。他只能以一种象征的方式，不断地回头去看身后的声响——他开始追溯童年和少年，他开始把目光弯转向自己的体内，他开始在意所有镜子里的倒影，这些行为很多落实为纸上的黑字，一颗一颗，都像是黑猪毛组成的。

新学期，学院里开了一门选修课。他走进教室的时候，发现人特别多，讲台上的老师满脸堆笑，语速奇快，而且妙语连珠。听了两节课，他才明白这是一堂西方文论课。很多他在图书馆里翻过的理论，在这门课里变得立体而形象起来，特别是有关精神分析方面的。他开始着意去找精神分析的书看，从弗洛伊德到荣格到拉康到德里达到齐泽克，看得似懂非懂。这些书的真正效用在于，他再也不会听到"后惊"了，那个影子隐匿了。他知道它还在，但已不会影响他日常的心神。他只是一个病毒携带者，除非极其特别的条件下，他不会发病。

他仍然记得，有一天跟一个宿舍的兄弟看贾樟柯的《小武》。他跟兄弟坐在凳子上，等着集资买的那台DVD机播放录像。他看到了一个比读高中时的小镇好不了多少的山西小城汾阳，看到了小武吊儿郎当的生活，他心里有一种恍惚，如果自己没有读大学，应该就是这个样子。后来他又看了贾樟柯的《站台》，心里想，这是什么电影呢？不就是照着生活本来的样子拍了一下吗？有天晚上，他跟几个师兄聊天，一个师兄说，来大家都说说中国有哪些人能成为世界级的大师。他想了想，一个也说不出来，不是认为中国没有人能成为大师，而是他根本就不晓得有什么人物。那个师兄说，我觉得贾樟柯肯定能成大师，他太牛逼了。他有点蒙，但从此之后他开始知晓，自己二十几年所建立的那个审美观念，那种对世界的整体性认识，太落后了。那段时间，他还没什么收入，但开始收集各种影碟。在北京的新街口，还有另几个地方，到处都是光碟店，成千上万的光碟码在箱子里，贴在墙上，你能在这里找到全世界的电影,好莱坞大片、香港影片、艺术电影。后来这些小店几乎一夜之间消失,变成了卖服装的,没有人再收藏光碟了,因为你可以在网上随意下载。

现在他已人到中年,还留着那些可能永远也不会再次播放的光碟,翻找东西的时候看见了,他会一张一张摩挲它们。摩挲的时候,心里会生出哀愁,在二十几岁最好的青春年纪,他是那么热爱这些沉闷的故事,那么饥渴地吸收全世界的人。而现在,他身宽体胖,却更愿意到电影院去看爆米花电影,主要是挑喜剧片看。尽管他也被那些情节逗得哈哈大笑,可走出电影院的时候,他的内心不但没有变轻松,反而是更低沉了。他感到和年龄不相符的疲惫,这种疲惫像一个嗜睡症患者的瞌睡,总是不分来由地侵袭他的每一个细胞。睡吧睡吧睡吧,那个永恒的声音始终在脑海里回响。

那么,他就因此成了一个浑浑噩噩的人了吗?他的生活从此成为一种惯性?哦,不,没那么简单。他总是从疲惫中忽然惊醒,想起来得去做一件未必紧要的事情,买菜,交水电费,给车做保养,拿干洗店的衣服,约朋友们撸串喝酒。

9

所有的可能性都可以看作是偶然，比如他偶然变成了一个图书编辑。那时候，有两三份工作摆在面前，一份报纸的编辑，一个杂志的编辑，一个出版社的编辑，最后他选择了后者，理由是这家出版社离他女朋友更近一些。后来回想，他很难想清楚这个决定是怎么下的，看起来不可思议，因为前两个工作都有机会拿到北京户口。当然算不上什么为了爱情，其实是懒惰。后来，他终于发现这可能源于自己性格上的弱点，不是冲动，而是有时候在乎一滴泪水胜过倾盆大雨，在乎一棵枯草胜过整片草原，尽管那滴水、那棵草最终未必属于他。

某些神圣性逐渐坍塌。做了图书编辑之后，那些此前在他眼里无比神圣的学术著作，忽然间降格祛魅了，变成一些看不懂的、充满语病的句子，到处是低级的引用错误，还有从网上复制过来的内容。真正的好东西当然有，但要看运气，他责编的一本翻译书，同一个人名，竟然被译者翻译出四个中文名字。而那本书的原版是法语，在他

叙事概要

实在对译者绝望之后，无奈之下，只能靠自己的胡乱理解来理顺译文。从此之后，他对于所有话语都产生了怀疑，他知道，传播本身就是消耗。就像那个综艺节目中经常玩的游戏，一群人排队站好，一个人说了一句话，然后不断地传递下去，到最后那个人那里，那句话已经完全变了味道。但是他仍然坚信学术的价值，因为他相信对大部分人来说，意义是在自己内部生成的，读书和写作，不过是找到一个触发点，一个出口。就像光，光在传播的过程中，也会有消耗，但只要有足够的时间和距离，我们仍然能看到几十万光年前遥远的星星发出的光。

这是一场战争，有关成长、工作和自己是谁的战争。他手中没有枪炮，心里没有斗志。他租住在联想桥附近的一栋高楼的23层，站在窗子前，能看见北京三环路上飞驰的汽车。这时，他突然感到自己左腿的膝盖，隐隐传出一种痛感。哦，可能是前天打球伤到了。痛感并不算强烈，他挪动脚步，考虑着下楼去吃一碗拉面，但是却差点摔倒，左腿并不能受力。痛感的持续加强，他还能走，只是走得缓慢而痛苦，他挪进狭窄的卧室，坐在床上，揉疼痛的地方。

揉了一会儿，似乎好了些，也可能是渐渐对疼痛有了一定程度的适应，他再次站起来时，站住了。迈步，走，慢慢走，他仍然能让这具肉体跟着意念移动，虽然速度和频率变慢了。他如愿吃到了拉面,在最后一根面条也进入嘴里的时候,他必须要承认,自己的腿出了问题,并不是某种常见的伤,而是一种来自于不知名的内部的疼痛。

他路过一家药店,买了虎骨膏药,回去贴在了膝关节上。先是感到一种凉,然后是轻微的灼热,忍不住在心里想,明天就会好吧,明天应该就没事了。他是怎么睡着的?完全不记得,第二天清晨早早醒来,他去动那条腿,天哪,它还在疼,好消息是似乎没有加重,坏消息是也并没有变好。这一刻,他陷入了几年来最大的沮丧,为什么会这样?他想,也许我得去趟医院了。

医院去了很多趟,单位对面的医院,还有其他医院,先是拍了X光,涂抹药物,但是并不见好转。而且,右边那条腿也显出了同样的症状,现在,他走路倒是不会显得瘸了,可是变得异常缓慢。两条腿比赛一样不愿意承载他一百五十斤的肉体,这肉身啊,正在陷入深深的自我厌弃。应该是第一次,他终于明白这肉身和精神并不是完全地统一,他也明白此前所填充的一切知识和思想,都不会帮他解决双腿的疼痛。他该怎么办呢?别无出路,他只有继续去医院,凌晨三点多起床排队挂号,在黑夜中站几个小时才能拿到一个可能的专家号。而问题的关键在于,他之所以要挂号正是源于无法久站。他只能坐在地上,像经常坐在马路边天桥上看到的乞讨残疾人那样挪动。他当然感到了屈辱,好在所有的病人都是屈辱的,他置身在各种病人之中,也就获得了相对的坦然。

他做核磁共振,取结果在一个周末,女朋友本来要陪他一起,他拒绝了。他无法想象如果拿到的结果很不好,她该怎么办,他又该怎么办。不,是因为他想象到了她的安慰和他对安慰的无奈接受才没让她来的。他在想,这样的情况还是自己来承受比较好,哪怕是当场痛哭,哪怕是一种从未有过的崩溃。到现在为止,他仍然是更善于处理跟自己的关系,而不是和他人的。骶骨软化,一个年轻的大夫口气确凿地给了他结论。他去网上搜索这个第一次听到的名字,这两块一直在他的身体里而他从来不曾知晓和意识到的骨头,正在变软,被消磨——他又想起了那些童年的光,在传播过程里不断被消耗而终将抵达的光,他渴望它再次照亮自己。科学的解释并没有解决任何问题。医生建议他做手术——绝望更深了,他也许会成为一个瘸子,甚至再也不能走路。他睡不好觉,开始胡思乱想,精神涣散。眼前的世界变成了一张白布,三维凝聚于二维,有时候他在银幕的正面,有时候他在反面,他学会了自怨自艾,学会了感伤和愤怒。

他感觉到自己的心理防线即将彻底崩溃,给母亲打了个电话,诉说这件事。母亲告诉他,她的腿曾有过同样的痛楚,后来好了。她还说,你年纪轻轻的,又没有受伤,不可能有事的。他的心忽然放松下来,他从来未想过,在自己成年之后母亲仍然具有这样的魔力,几句话就帮他疏解了几个月来的压抑。她去村里的老中医那里询问,并且开了一些药寄过来,他按时吃药,并且开始训练大腿小腿的肌肉变得更强壮。网上说,如果你的肌肉更强壮了,对膝盖的损害就会降低。他在做所能做的一切事。

那时候,他跟女友正在讨论结婚,他们谈恋爱已经七年,如果再不结婚,就可能会分手。可是他想到,如果他的腿最终无法完全恢复,他有什么理由去跟一个女孩子生活一辈子呢?所以,他要好起来,他坚信自己能好起来。

疼痛的确在缓解。他分不清到底是什么在起作用,他可以正常走动了,虽然那种隐痛并未完全消失。他们领了结婚证,并且回老家去办了婚礼。回家这一段时间,他每天都去老中医那里报到,用他十分破旧的一台理疗仪做理疗。再次回到北京的时候,他感到自己基本恢复了,只是不再敢跑跳和走远路。

他后来回想,这一次疼痛可能是生活的必然,是他所有概要里的不可或缺的一部分。这是一个提醒,这也是一个阶段总结。

叙事概要

10

随后,他开始中断了三年的写作。双腿疼痛的那段时间,他学会了灵魂飞升到空中去看自己,他获得了某种轻盈的能力。这种轻盈还来自于一个法国小说家。他叫埃梅,那段时间,他在旧书店两块钱买到了一本《埃梅短篇小说选》,书中那些看似奇谭的故事让他停滞许久的思路茅塞顿开。在唯心的意义上,他甚至愿意觉得自己的双腿是被这种轻盈解救的。上帝想让他学会飞起来看自己和世界,必须通过一种沉重的方式来实现。他写出了完全不一样的东西,但从不示人,到此刻为止,写作仍然如童年暗夜中的灯火,仍然面临着随时断绝的可能。他从未奢望着光芒可以万丈,只是凭借微弱之亮度过睡前那一点点黑暗时间。哦,这么说他其实从小就热爱黑暗,因为它带来想象,它让光之所以为光。

他顺理成章又有点懵懵懂懂地结婚了,尽管已经年近三十,他仍时时觉得自己还是少年。婚姻没有什么新鲜事,在他看来,这是一道紧箍咒,他的意思是婚姻如同魔法师的法杖，瞬间给他的生活划定了清晰的界线，有些东西他再不能去触碰——虽然他从未想过去触碰。可能就是从那一刻开始，他才真正感受到一种成年人的道德感，那一副副原来飘在虚空中的担子终于落到了肩膀上。疼痛说不上，他只是不由自主地弯了弯腰，生活让他把姿态放低。

他开始不由自主地去经常总结自己的生活，这种总结常常来自于对比，那些跟他和他的妻子同样年纪的人发生了什么改变，他便免不了去对应自身：他没有变，无论是作为一个人还是作为一个人的生活处境，竟然毫无变化。而他早已经清楚，在生活的潮涌之中，没有变化就是一种落后，逆水行舟，不进则退。她看他的眼神依然是明亮、天真，这却更能刺痛他的自尊，虽然双方并没有任何有关物质方面的承诺。他感到虚弱、无力，可是在内心的最深层仍然积蓄着当年的不甘——他早已经过了低谷了，那之后再艰难的路也是上升之路，一毫米一厘米都是。

经过许多次正式非正式的总结之后，他得出唯一的结论：得往前走，得脱掉旧衣服，得找新的活路。他毅然辞掉了第一份工作，成了一个自由职业者。所谓的自由职业，就是没有职业。在三年的时间里，他尝试着做所有能做的事情，写剧本，写纪录片，写广告文案，当枪手给要出国的高中生写论文。写剧本一开始也是当枪手，拿每集稿酬，没署名。他参与过的项目，百分之九十都死掉了，剩下的百分之十中的百分之九十，属于苟延残喘，也即将死掉。

无论如何，他活了下来，虽然说不上渡过了难关。这种没有固定工作的生活，让他获得了更多回首往事的机会，为了写下那些赚取生活费的文字，他需要调动全部的人生经验和能力。他无法像一个真正的作家那样去进入人物，但天生的体察心又让他不可能彻底隔离，所以，他在所有的写作中联结着虚构和非虚构，他就是界限。

他发现了语言的不可靠性，哪怕是他对自己所说的话，都包含着很多无法剔除的惯性。他说我，他说爱，他说生活，他说吃饭，他说做梦，每一个词语都携带着千百年来累积的含义，他不得不借用它们来表述。但那些说出的未说出的，真的是他所预言的吗？这种疑虑常常浮现心头，他强行按捺下去，不让它繁衍和泛滥。冥冥之中，他似乎又在期待新的光芒降临了，这束光会是什么呢？一个日常里的神迹？一次深夜的顿悟？一个包含着他全部基因的孩子？他不知道，他带着忐忑等待着。

生活概述到此，他已经隐隐地知道，对自己想象过高已不合时宜。按如今人们的平均年龄算起来，他的人生才

生活概要

刚刚接近半途,一切都是好时候,他还有体力去打打球,还有心思去看看电影,还有情趣想象不可能之事;当然在另一方面来看,很多东西即将走下坡路了,他不能再猛冲到篮下,跟年轻人对抗了,他无法思考过于深刻的问题,不是不能,而是那些深刻已经令他厌烦,他学会了徜徉在温饱有余的日常里,在醉梦之间维护着仅有的清醒。这当然可以被看成是一种堕落,正如他多年前的一句话,堕落的感觉令人乐不思蜀啊。人对于生命的强劲,都需要靠一个强大的内心不断去催促才行,这股劲儿一旦松下,堕落就是唯一的命运了。